Collection folio junior

dirigée par
Jean-Olivier Héron
et Pierre Marchand

David
Lieberman

D0188494

Jean-Jacques Sempé est né à Bordeaux le 17 août 1932. Élève très indiscipliné, il est renvoyé de son collège et commence à travailler à dix-sept ans. Après avoir été l'assistant malchanceux d'un courtier en vins et s'être engagé dans l'armée, il se lance à dix-neuf ans dans le dessin humoristique. Ses débuts sont difficiles : mais Sempé travaille comme un forcené. Il a collaboré et collabore encore à de nombreux magazines, *Paris-Match*, *L'Express*...

En 1959, il « met au monde » avec son ami René Goscinny, la série des *Petit Nicolas*. Il a depuis publié de nombreux albums – une vingtaine. D'autres sont en préparation. Sempé, dont le fils se prénomme bien sûr Nicolas, vit à Paris (rêvant de campagne) et à la campagne (rêvant de Paris).

René Goscinny est né à Paris en 1926 mais il a passé son enfance et son adolescence en Argentine. Après des études brillantes au collège de Buenos Aires, il exerce de nombreux métiers : sous-aide-comptable, apprenti dessinateur dans une agence de publicité, secrétaire, militaire, journaliste... avant de se lancer, sans grand succès, dans le dessin d'humour. Cela lui permet cependant de travailler aux États-Unis avec toute l'équipe du magazine satirique *Mad*.

De retour en France, il trouve enfin sa voie comme scénariste de bandes dessinées ; il va créer Astérix avec Uderzo, Lucky Luke avec Morris. Parallèlement, il fonde en 1959 le magazine *Pilote*, qu'il dirigera jusqu'en 1974.

René Goscinny est mort en 1977.

ISBN 2-07-051335-1
Loi n° 49-956 du 16 juillet 1949
sur les publications destinées à la jeunesse

© Éditions Denoël, 1961, pour le texte
© Éditions Gallimard, 1987, pour le supplément
© Éditions Gallimard Jeunesse, 1997, pour la présente édition
Dépôt légal : octobre 1997
1er dépôt légal dans la même collection : novembre 1987
N° d'édition : 84424 - N° d'impression : 78160
Imprimé en France sur les presses de la Société Nouvelle Firmin-Didot

Sempé/Goscinny

Les récrés du petit Nicolas

Denoël

Alceste a été renvoyé

Il est arrivé une chose terrible à l'école :
Alceste a été renvoyé !

Ça s'est passé pendant la deuxième récré du
matin.

Nous étions tous là à jouer à la balle au
chasseur, vous savez comment on y joue :
celui qui a la balle, c'est le chasseur ; alors,
avec la balle il essaie de taper sur un copain et
puis le copain pleure et devient chasseur à son
tour. C'est très chouette. Les seuls qui ne
jouaient pas, c'étaient Geoffroy, qui est
absent ; Agnan, qui repasse toujours ses leçons
pendant la récré, et Alceste, qui mangeait sa
dernière tartine à la confiture du matin.
Alceste garde toujours sa plus grande tartine
pour la deuxième récré, qui est un peu plus
longue que les autres. Le chasseur, c'était
Eudes, et ça n'arrive pas souvent : comme il
est très fort, on essaie toujours de ne pas l'attraper avec la balle, parce que quand c'est lui
qui chasse, il fait drôlement mal. Et là, Eudes a
visé Clotaire, qui s'est jeté par terre avec les

mains sur la tête ; la baile est passée au-dessus
de lui, et bing ! elle est venue taper dans le dos
d'Alceste qui a lâché sa tartine, qui est tombée
du côté de la confiture. Alceste, ça ne lui a pas
plu ; il est devenu tout rouge et il s'est mis à
pousser des cris ; alors, le Bouillon — c'est
notre surveillant — il est venu en courant pour
voir ce qui se passait ; ce qu'il n'a pas vu, c'est
la tartine et il a marché dessus, il a glissé et il a
failli tomber. Il a été étonné, le Bouillon, il
avait tout plein de confiture sur sa chaussure.
Alceste, ça a été terrible, il a agité les bras et il
a crié :

— Nom d'un chien, zut ! Pouvez pas faire attention où vous mettez les pieds ? C'est vrai, quoi, sans blague !

Il était drôlement en colère, Alceste ; il faut dire qu'il ne faut jamais faire le guignol avec sa nourriture, surtout quand c'est la tartine de la deuxième récré. Le Bouillon, il n'était pas content non plus.

— Regardez-moi bien dans les yeux, il a dit à Alceste ; qu'est-ce que vous avez dit ?

— J'ai dit que nom d'un chien, zut, vous n'avez pas le droit de marcher sur mes tartines ! a crié Alceste.

Alors, le Bouillon a pris Alceste par le bras et il l'a emmené avec lui. Ça faisait chouic, chouic, quand il marchait, le Bouillon, à cause de la confiture qu'il avait au pied.

Et puis, M. Mouchabière a sonné la fin de la récré. M. Mouchabière est un nouveau surveillant pour lequel nous n'avons pas encore eu le temps de trouver un surnom rigolo. Nous sommes entrés en classe et Alceste n'était toujours pas revenu. La maîtresse a été étonnée.

— Mais où est donc Alceste ? elle nous a demandé.

Nous allions tous lui répondre, quand la porte de la classe s'est ouverte et le directeur est entré, avec Alceste et le Bouillon.

— Debout ! a dit la maîtresse.

— Assis ! a dit le directeur.

Il n'avait pas l'air content, le directeur ; le Bouillon non plus ; Alceste, lui, il avait sa grosse figure toute pleine de larmes et il reniflait.

— Mes enfants, a dit le directeur, votre camarade a été d'une grossièreté inqualifiable avec le Bouil... avec M. Dubon. Je ne puis trouver d'excuses pour ce manque de respect vis-à-vis d'un supérieur et d'un aîné. Par conséquent, votre camarade est renvoyé. Il n'a pas pensé, oh ! bien sûr, à la peine immense qu'il va causer à ses parents. Et si dans l'avenir il ne s'amende pas, il finira au bagne, ce qui est le sort inévitable de tous les ignorants. Que ceci soit un exemple pour vous tous !

Et puis le directeur a dit à Alceste de prendre ses affaires. Alceste y est allé en pleurant, et puis il est parti, avec le directeur et le Bouillon.

Nous, on a tous été très tristes. La maîtresse aussi.

— J'essaierai d'arranger ça, elle nous a promis.

Ce qu'elle peut être chouette la maîtresse, tout de même !

Quand nous sommes sortis de l'école, nous avons vu Alceste qui nous attendait au coin de la rue en mangeant un petit pain au chocolat. Il avait l'air tout triste, Alceste, quand on s'est approchés de lui.

— T'es pas encore rentré chez toi ? j'ai demandé.

— Ben non, a dit Alceste, mais il va falloir que j'y aille, c'est l'heure du déjeuner. Quand je vais raconter ça à papa et à maman, je vous parie qu'ils vont me priver de dessert. Ah ! c'est le jour, je vous jure...

Et Alceste est parti, en traînant les pieds et en mâchant doucement. On avait presque l'impression qu'il se forçait pour manger. Pauvre Alceste, on était bien embêtés pour lui.

Et puis, l'après-midi nous avons vu arriver à l'école la maman d'Alceste, qui n'avait pas l'air content et qui tenait Alceste par la main. Ils sont entrés chez le directeur et le Bouillon y est allé aussi.

Et un peu plus tard, nous étions en classe quand le directeur est entré avec Alceste, qui faisait un gros sourire.

— Debout ! a dit la maîtresse.

— Assis ! a dit le directeur.

Et puis il nous a expliqué qu'il avait décidé d'accorder une nouvelle chance à Alceste. Il a dit qu'il le faisait en pensant aux parents de notre camarade, qui étaient tout tristes devant l'idée que leur enfant risquait de devenir un ignorant et de finir au bagne.

— Votre camarade a fait des excuses à M. Dubon, qui a eu la bonté de les accepter, a dit le directeur ; j'espère que votre camarade sera reconnaissant envers cette indulgence et que, la leçon ayant porté et ayant servi d'avertissement, il saura racheter dans l'avenir, par sa conduite, la lourde faute qu'il a commise aujourd'hui. N'est-ce pas ?

— Ben... oui, a répondu Alceste.

Le directeur l'a regardé, il a ouvert la bouche, il a fait un soupir et il est parti.

Nous, on était drôlement contents ; on s'est tous mis à parler à la fois, mais la maîtresse a tapé sur sa table avec une règle et elle a dit :

— Assis, tout le monde. Alceste regagnez votre place et soyez sage. Clotaire, passez au tableau.

14

Quand la récré a sonné, nous sommes tous descendus, sauf Clotaire qui est puni, comme chaque fois qu'il est interrogé. Dans la cour, pendant qu'Alceste mangeait son sandwich au fromage, on lui a demandé comment ça s'était passé dans le bureau du directeur, et puis le Bouillon est arrivé.

— Allons, allons, il a dit, laissez votre camarade tranquille ; l'incident de ce matin est terminé, allez jouer ! Allons !

Et il a pris Maixent par le bras et Maixent a bousculé Alceste et le sandwich au fromage est tombé par terre.

Alors, Alceste a regardé le Bouillon, il est devenu tout rouge, il s'est mis à agiter les bras, et il a crié :

— Nom d'un chien, zut ! C'est pas croyable ! Voilà que vous recommencez ! C'est vrai, quoi, sans blague, vous êtes incorrigible !

Le nez
de tonton Eugène

C'est papa qui m'a emmené à l'école aujour-d'hui, après le déjeuner. Moi, j'aime bien quand papa m'accompagne, parce qu'il me donne souvent des sous pour acheter des choses. Et là, ça n'a pas raté. Nous sommes passés devant le magasin de jouets et, dans la vitrine, j'ai vu des nez en carton qu'on met sur la figure pour faire rire les copains.

« Papa, j'ai dit, achète-moi un nez ! » Papa a dit que non, que je n'avais pas besoin de nez, mais moi je lui ai montré un grand, tout rouge, et je lui ai dit : « Oh ! oui, papa ! Achète-moi celui-là, on dirait le nez de tonton Eugène ! »

Tonton Eugène, c'est le frère de papa ; il est gros, il raconte des blagues et il rit tout le temps. On ne le voit pas beaucoup, parce qu'il voyage, pour vendre des choses très loin, à Lyon, à Clermont-Ferrand et à Saint-Etienne. Papa s'est mis à rigoler.

— C'est vrai, il a dit papa, on dirait le nez d'Eugène en plus petit. La prochaine fois qu'il viendra à la maison je le mettrai.

Et puis nous sommes entrés dans le magasin, nous avons acheté le nez, je l'ai mis sur ma figure ; ça tient avec un élastique, et puis papa l'a mis sur sa figure, et puis la vendeuse l'a mis sur sa figure, on s'est tous regardés dans une glace et on a drôlement rigolé. Vous direz ce que vous voudrez, mais mon papa il est très chouette !

En me laissant à la porte de l'école, papa m'a dit : « Surtout, sois sage et essaie de ne pas avoir d'ennuis avec le nez d'Eugène. » Moi, j'ai promis et je suis entré dans l'école.

Dans la cour, j'ai vu les copains et j'ai mis mon nez pour leur montrer et on a tous rigolé.

— On dirait le nez de ma tante Claire, a dit Maixent.

— Non, j'ai dit, c'est le nez de mon tonton Eugène, celui qui est explorateur.

— Tu me prêtes le nez ? m'a demandé Eudes.

— Non, j'ai répondu. Si tu veux un nez, t'as qu'à demander à ton papa de t'en acheter un !

— Si tu ne me le prêtes pas, je lui donne un coup de poing, à ton nez ! il m'a dit Eudes, qui est très fort, et bing ! il a tapé sur le nez de tonton Eugène.

Moi, ça ne m'a pas fait mal, mais j'ai eu peur qu'il ait cassé le nez de tonton Eugène ; alors, je l'ai mis dans ma poche et j'ai donné un coup de pied à Eudes. On était là à se battre, avec les copains qui regardaient quand le

18

Bouillon est arrivé en courant. Le Bouillon, c'est notre surveillant, et un jour, je vous raconterai pourquoi on l'appelle comme ça.

— Alors, il a dit le Bouillon, qu'est-ce qui se passe ici ?

— C'est Eudes, j'ai dit ; il m'a donné un coup de poing sur le nez et il me l'a cassé !

Le Bouillon a ouvert de grands yeux, il s'est baissé pour mettre sa figure devant la mienne, et il m'a dit : « Montre voir un peu... »

Alors, moi, j'ai sorti le nez de tonton Eugène de ma poche et je lui ai montré. Je ne sais pas pourquoi, mais ça l'a mis dans une colère terrible, le Bouillon, de voir le nez de tonton Eugène.

— Regardez-moi bien dans les yeux, il a dit le Bouillon, qui s'est relevé. Je n'aime pas qu'on se moque de moi, mon petit ami. Vous viendrez jeudi en retenue, c'est compris ?

Je me suis mis à pleurer, alors Geoffroy a dit :

— Non, m'sieur, c'est pas sa faute !

Le Bouillon a regardé Geoffroy, il a souri, et il lui a mis la main sur l'épaule.

— C'est bien, mon petit, de se dénoncer pour sauver un camarade.

— Ouais, a dit Geoffroy, c'est pas sa faute, c'est la faute à Eudes.

Le Bouillon est devenu tout rouge, il a ouvert la bouche plusieurs fois avant de parler, et puis il a donné une retenue à Eudes, une à Geoffroy et une autre à Clotaire qui riait. Et il est allé sonner la cloche.

En classe, la maîtresse a commencé à nous expliquer des histoires de quand la France était pleine de Gaulois. Alceste, qui est assis à côté de moi, m'a demandé si le nez de tonton Eugène était vraiment cassé. Je lui ai dit que non, qu'il était seulement un peu aplati au bout, et puis je l'ai sorti de ma poche pour voir si je pouvais l'arranger. Et ce qui est chouette, c'est qu'en poussant avec le doigt à l'intérieur, je suis arrivé à lui donner la forme qu'il avait avant. J'étais bien content.

— Mets-le, pour voir, m'a dit Alceste.

Alors, je me suis baissé sous le pupitre et j'ai mis le nez, Alceste a regardé et il a dit :

— Ça va, il est bien.

— Nicolas ! Répétez ce que je viens de dire ! a crié la maîtresse qui m'a fait très peur.

Je me suis levé d'un coup et j'avais bien envie de pleurer, parce que je ne savais pas ce qu'elle venait de dire, la maîtresse, et elle n'aime pas quand on ne l'écoute pas. La maîtresse m'a regardé en faisant des yeux ronds, comme le Bouillon.

— Mais... qu'est-ce que vous avez sur la figure ? elle m'a demandé.

— C'est le nez que m'a acheté mon papa ! j'ai expliqué en pleurant.

La maîtresse, elle s'est fâchée et elle s'est mise à crier, en disant qu'elle n'aimait pas les pitres et que si je continuais comme ça, je serais renvoyé de l'école et que je deviendrais un ignorant et que je serais la honte de mes parents. Et puis elle m'a dit : « Apportez-moi ce nez ! »

Alors, moi, j'y suis allé en pleurant, j'ai mis le nez sur le bureau de la maîtresse et elle a dit qu'elle le confisquait, et puis elle m'a donné à conjuguer le verbe « Je ne dois pas apporter des nez en carton en classe d'histoire, dans le but de faire le pitre et de dissiper mes camarades ».

Quand je suis rentré à la maison, maman m'a regardé et elle m'a dit : « Qu'est-ce que tu as, Nicolas, tu es tout pâlot. » Alors je me suis mis à pleurer, je lui ai expliqué que le Bouillon m'avait donné une retenue quand j'avais sorti le nez de tonton Eugène de ma poche, et que c'était la faute d'Eudes qui avait aplati le bout du nez de tonton Eugène et qu'en classe la maîtresse m'avait donné des choses à conjuguer, à cause du nez de tonton Eugène, qu'elle m'avait confisqué. Maman m'a regardé, l'air tout étonné, et puis elle m'a mis la main sur le front, elle m'a dit qu'il faudrait que je me couche un peu et que je me repose.

Et puis, quand Papa est revenu de son bureau, maman lui a dit :

— Je t'attendais avec impatience, je suis très inquiète. Le petit est rentré très énervé de l'école. Je me demande s'il ne faudrait pas appeler le docteur.

— Ça y est ! a dit papa, j'en étais sûr, je l'avais pourtant prévenu ! Je parie que ce petit étourdi de Nicolas a eu des ennuis avec le nez d'Eugène !

Alors on a eu tous très peur, parce que maman s'est trouvée mal et il a fallu appeler le docteur.

La montre

Hier soir, après ma rentrée de l'école, un facteur est venu et il a apporté un paquet pour moi. C'était un cadeau de Mémé. Un cadeau terrible et vous ne devineriez jamais ce que c'était : une montre-bracelet ! Ma mémé et ma montre sont drôlement chouettes, et les copains vont faire une drôle de tête. Papa n'était pas là, parce que ce soir il avait un dîner pour son travail, et Maman m'a appris comment il fallait faire pour remonter la montre et elle me l'a attachée autour du poignet. Heureusement, je sais bien lire l'heure, pas comme l'année dernière quand j'étais petit et j'aurais été obligé tout le temps de demander aux gens quelle heure il est à ma montre, ce qui n'aurait pas été facile. Ce qu'elle avait de bien, ma montre, c'est qu'elle avait une grande aiguille qui tournait plus vite que les deux autres qu'on ne voit pas bouger à moins de regarder bien et longtemps. J'ai demandé à Maman à quoi servait la grande aiguille et elle m'a dit que c'était très pratique pour savoir si les œufs à la coque étaient prêts.

C'est dommage, à 7 h 32, quand nous nous sommes mis à table, Maman et moi, il n'y avait pas d'œufs à la coque. Moi, je mangeais en regardant ma montre et Maman m'a dit de me dépêcher un peu parce que le potage allait refroidir ; alors j'ai fini ma soupe en deux tours et un petit peu de la grande aiguille. A 7 h 51, Maman a apporté le morceau de chouette gâteau qui restait de midi et nous nous sommes levés de table à 7 h 58. Maman m'a laissé jouer un petit peu, je collais mon oreille à la montre pour entendre le tic-tac et puis, à 8 h 15, Maman m'a dit d'aller me coucher. J'étais aussi content que la fois où on m'a donné un stylo qui faisait des taches partout. Moi, je voulais garder ma montre à mon poignet pour dormir, mais Maman m'a dit que ce n'était pas bon pour la montre, alors je l'ai mise sur la table de nuit, là où je pouvais la voir bien en me mettant sur le côté, et Maman a éteint la lumière à 8 h 38.

Et là, ça a été formidable ! Parce que les numéros et les aiguilles de ma montre, eh bien, ils brillaient dans le noir ! Même si j'avais voulu faire des œufs à la coque, je n'aurais pas eu besoin d'allumer la lumière. Je n'avais pas envie de dormir, je regardais tout le temps ma montre et c'est comme ça que j'ai entendu s'ouvrir la porte de la maison : c'était Papa qui rentrait. J'étais bien content parce que je pourrais lui montrer le cadeau de Mémé. Je me suis levé, j'ai mis la montre à mon poignet et je suis sorti de ma chambre.

J'ai vu Papa qui montait l'escalier sur la pointe des pieds. « Papa ! j'ai crié, regarde la belle montre que Mémé m'a donnée ! » Papa, il a été très surpris, tellement surpris qu'il a failli tomber dans l'escalier. « Chut, Nicolas, il m'a dit, chut, tu vas réveiller ta mère ! » La lumière s'est allumée et on a vu sortir Maman de sa chambre. « Sa mère s'est réveillée », a dit Maman à Papa, l'air pas content, et puis elle a demandé si c'était une heure pour revenir d'un dîner d'affaires. « Ben quoi, a dit Papa, il n'est pas si tard.

— Il est 11 h 58, j'ai dit, drôlement fier, parce que moi j'aime bien aider mon papa et ma maman.

— Ta mère a toujours de bonnes idées pour les cadeaux, a dit Papa à Maman.

— C'est bien le moment de parler de ma mère, surtout devant le petit », a répondu Maman qui n'avait pas l'air de rigoler, et puis elle m'a dit que j'aille me coucher mon chéri et que je fasse un gros dodo.

Je suis revenu dans ma chambre, j'ai entendu Papa et Maman parler un peu et j'ai commencé mon dodo à 12 h 14.

Je me suis réveillé à 5 h 7 ; il commençait à faire jour et c'était dommage parce que les numéros de ma montre brillaient moins. Moi, je n'étais pas pressé de me lever parce qu'il n'y avait pas classe, mais je me suis dit que je pourrais aider mon papa qui se plaint que son

patron se plaint toujours qu'il arrive en retard au bureau. J'ai attendu un peu et à 5 h 12 je suis allé dans la chambre de Papa et Maman et j'ai crié : « Papa ! il fait jour ! Tu vas être en retard au bureau ! » Papa a eu l'air très surpris, mais c'était moins dangereux que dans l'esca-lier, parce que dans son lit, il ne pouvait pas tomber. Mais il a fait une drôle de tête, Papa, comme s'il était tombé. Maman s'est réveillée aussi, d'un coup. « Qu'est-ce qu'il y a ? Qu'est-ce qu'il y a ? elle a demandé.

— C'est la montre, a dit Papa ; il paraît qu'il fait jour.

— Oui, j'ai dit, il est 5 h 15 et ça marche vers le 16.

— Bravo, a dit Maman, va te recoucher maintenant, nous sommes réveillés. »

Je suis allé me recoucher, mais il a fallu que je revienne trois fois, à 5 h 47, 6 h 18 et 7 h 02, pour que Papa et Maman se lèvent enfin.

Nous étions assis pour le petit déjeuner et Papa a crié à Maman : « Dépêche-toi un peu, chérie, avec le café, je vais être en retard, ça fait cinq minutes que j'attends.

— Huit », j'ai dit, et Maman est venue et elle m'a regardé d'une drôle de façon. Quand elle a versé le café dans les tasses, elle en a mis un peu sur la toile cirée parce que sa main tremblait ; j'espère qu'elle n'est pas malade, Maman.

« Je vais rentrer de bonne heure pour le déjeuner, a dit Papa ; je pointerai à l'entrée. » J'ai demandé à Maman ce que ça voulait dire : pointer, mais elle m'a dit de ne pas m'occuper de ça et d'aller m'amuser dehors. C'est bien la première fois que je regrettais qu'il n'y ait pas classe, parce que j'aurais voulu que mes copains voient ma montre. A l'école, le seul qui soit venu avec une montre, une fois, c'est Geoffroy, qui avait la montre de son papa, une grosse montre avec un couvercle et une chaîne. Elle était très chouette, la montre du papa de Geoffroy, mais il paraît que Geoffroy n'avait pas la permission de la prendre et il a eu des tas d'ennuis et on n'a plus jamais revu la montre. Geoffroy a eu une telle fessée, il nous a dit, qu'on a bien failli ne plus jamais le revoir, lui non plus.

Je suis allé chez Alceste, un copain qui habite tout près de chez moi, un gros qui mange beaucoup. Je sais qu'il se lève de bonne heure parce que son petit déjeuner lui prend du temps. « Alceste ! j'ai crié devant sa maison, Alceste ! Viens voir ce que j'ai ! » Alceste est sorti, un croissant à la main et un autre dans la bouche. « J'ai une montre ! » j'ai dit à Alceste en mettant mon bras à la hauteur du bout de croissant qui était dans sa bouche. Alceste s'est mis à loucher un peu, il a avalé et il a dit : « Elle est rien chouette !

— Elle marche bien, elle a une aiguille pour les œufs à la coque et elle brille la nuit, j'ai expliqué.

— Et dedans, elle est comment ? » il m'a demandé, Alceste.

Ça, je n'avais pas pensé à regarder. « Attends », m'a dit Alceste et il est entré en courant dans sa maison. Il en est ressorti avec un autre croissant et un canif. « Donne ta montre, m'a dit Alceste, je vais l'ouvrir avec mon canif. Je sais comment faire, j'ai déjà ouvert la montre de mon papa. » J'ai donné la montre à Alceste, qui a commencé à travailler dessus avec le canif. Moi, j'ai eu peur qu'il ne casse ma montre et je lui ai dit : « Rends-moi ma montre. » Mais Alceste n'a pas voulu, il tirait la langue et essayait d'ouvrir la montre ; alors j'ai essayé de reprendre la montre de force, le canif a glissé sur le doigt d'Alceste, Alceste a crié, la montre s'est ouverte et elle est tombée par terre à 9 h 10. Il était toujours 9 h 10 quand je suis arrivé en pleurant à la maison. La montre ne marchait plus. Maman m'a pris dans ses bras et elle m'a dit que Papa arrangerait tout.

Quand Papa est arrivé pour le déjeuner,

Maman lui a donné ma montre. Papa a tourné le petit bouton, il a regardé Maman, il a regardé la montre, il m'a regardé moi et puis il m'a dit : « Ecoute, Nicolas, cette montre ne peut plus être réparée. Mais ça ne t'empêchera pas de t'amuser avec elle, bien au contraire : elle ne risque plus rien et elle sera toujours aussi jolie à ton poignet. » Il avait l'air tellement content, Maman avait l'air tellement contente, que j'ai été content aussi.

Ma montre marque maintenant toujours 4 heures : c'est une bonne heure, l'heure des petits pains au chocolat, et la nuit, les numéros continuent à briller.

C'est vraiment un chouette cadeau, le cadeau de Mémé !

On fait un journal

Maixent, à la récré, nous a montré le cadeau que lui avait donné sa marraine : une imprimerie. C'est une boîte où il y a des tas de lettres en caoutchouc, et on met les lettres dans une pince et on peut faire tous les mots qu'on veut. Après, on appuie sur un tampon plein d'encre comme il y en a à la poste, et puis sur un papier, et les mots sont écrits en imprimerie comme dans le journal que lit papa, et il crie toujours parce que Maman lui enlève les pages où il y a les robes, les réclames et la façon de faire la cuisine. Elle est très chouette, l'imprimerie de Maixent !

Maixent nous a montré ce qu'il avait déjà fait avec l'imprimerie. Il a sorti de sa poche trois feuilles de papier où il y avait écrit « Maixent » des tas de fois, dans tous les sens.

— Ça fait drôlement mieux que quand c'est écrit à la plume, nous a dit Maixent, et c'est vrai.

— Hé, les gars, a dit Rufus, si on faisait un journal ?

3

Ça, c'était une drôlement bonne idée et on a été tous d'accord, même Agnan, qui est le chouchou de la maîtresse et qui, d'habitude, ne joue pas avec nous pendant la récré, parce qu'il repasse ses leçons. Il est fou, Agnan !

— Et on va l'appeler comment, le journal ? j'ai demandé.

Là, on n'a pas pu se mettre d'accord. Il y en avait qui voulaient l'appeler « le Terrible », d'autres « le Triomphant », d'autres « le Magnifique » ou « le Sans-Peur ». Maixent voulait qu'on l'appelle « le Maixent », et il s'est fâché quand Alceste a dit que c'était un nom idiot, et qu'il préférait que le journal s'appelle « la Délicieuse », qui est le nom de la charcuterie qui est à côté de chez lui. On a décidé que le titre, on le trouverait après.

— Et qu'est-ce qu'on va mettre dans le journal ? a demandé Clotaire.

— Ben, la même chose que dans les vrais journaux, a dit Geoffroy : des tas de nouvelles, des photos, des dessins, des histoires avec des voleurs et des morts tout plein, et les cours de la Bourse.

Nous, on ne savait pas ce que c'était, les cours de la Bourse. Alors, Geoffroy nous a expliqué que c'était des tas de numéros écrits en petites lettres et que c'était ce qui intéressait le plus son papa. Avec Geoffroy, il faut pas croire ce qu'il raconte : il est drôlement menteur et il dit n'importe quoi.

— Pour les photos, a dit Maixent, je ne peux pas les imprimer ; il n'y a que des lettres dans mon imprimerie.

— Mais on peut faire des dessins, j'ai dit. Moi, je sais faire un château avec des gens qui attaquent, des dirigeables et des avions qui bombardent.

— Moi, je sais dessiner les cartes de France avec tous les départements, a dit Agnan.

— Moi, j'ai fait un dessin de ma maman en train de se mettre des bigoudis, a dit Clotaire, mais ma maman l'a déchiré. Pourtant, Papa avait bien rigolé quand il l'avait vu.

— Tout ça, c'est très joli, a dit Maixent, mais si vous mettez vos sales dessins partout, il ne restera plus de place pour imprimer des choses intéressantes dans le journal.

Moi, j'ai demandé à Maixent s'il voulait une claque, mais Joachim a dit que Maixent avait raison et que lui il avait une rédaction sur le printemps, où il avait eu 12, et que ça serait très chouette à imprimer et que, là-dedans, il parlait des fleurs et des oiseaux qui faisaient cui-cui.

— Tu crois pas qu'on va user les lettres pour imprimer tes cui-cui, non ? a demandé Rufus, et ils se sont battus.

— Moi, a dit Agnan, je pourrais mettre des problèmes et on demanderait aux gens de nous envoyer des solutions. On leur mettrait des notes.

On s'est tous mis à rigoler : alors Agnan a commencé à pleurer, il a dit qu'on était tous des méchants, qu'on se moquait toujours de lui et qu'il se plaindrait à la maîtresse et qu'on serait tous punis et qu'il ne dirait plus rien et que ça serait bien fait pour nous.

Avec Joachim et Rufus qui se battaient et Agnan qui pleurait, on avait du mal à s'entendre : c'est pas facile de faire un journal avec les copains !

— Quand le journal sera imprimé, a demandé Eudes, qu'est-ce qu'on va en faire ?

— Cette question ! a dit Maixent. On va le vendre ! Les journaux, c'est fait pour ça : on les vend, on devient très riches et on peut s'acheter des tas de choses.

— Et on le vend à qui ? j'ai demandé.

— Ben, a dit Alceste, à des gens, dans la rue. On court, on crie « Édition spéciale » et tout le monde donne des sous.

— On en aura un seul, de journal, a dit Clotaire ; alors, on n'aura pas des tas de sous.

— Ben, je le vendrai pour très cher, a dit Alceste.

— Pourquoi toi ? C'est moi qui vais le vendre, a dit Clotaire ; d'abord, toi, tu as les doigts toujours pleins de gras, alors tu vas faire des taches sur le journal et personne ne voudra l'acheter.

— Tu vas voir si j'ai les mains pleines de gras, a dit Alceste, et il les a mises sur la figure

de Clotaire, et ça, ça m'a étonné, parce que d'habitude Alceste n'aime pas se battre pendant la récré : ça l'empêche de manger. Mais là, il n'était pas du tout content, Alceste, et Rufus et Joachim se sont poussés un peu pour laisser de la place à Alceste et à Clotaire pour se battre. C'est pourtant vrai qu'Alceste a les mains pleines de gras. Quand on lui dit bonjour, ça glisse.

— Bon, alors, c'est entendu, a dit Maixent, le directeur du journal, ce sera moi.

— Et pourquoi, je vous prie ? a demandé Eudes.

— Parce que l'imprimerie est à moi, voilà pourquoi ! a dit Maixent.

— Minute, a crié Rufus qui est arrivé ; c'est moi qui ai eu l'idée du journal, le directeur c'est moi !

— Dis donc, a dit Joachim, tu me laisses tomber comme ça ? On était en train de se battre ! T'es pas un copain !

— T'avais ton compte, a dit Rufus, qui saignait du nez.

— Ne me fais pas rigoler, a dit Joachim, qui était tout égratigné, et ils ont recommencé à se battre à côté d'Alceste et de Clotaire.

— Répète-le, que j'ai du gras ! criait Alceste.

— T'as du gras ! T'as du gras ! T'as du gras ! criait Clotaire.

— Si tu ne veux pas mon poing sur le nez, a dit Eudes, tu sauras, Maixent, que le directeur c'est moi.

— Tu crois que tu me fais peur ? a demandé Maixent. Et moi je crois que oui, parce qu'en parlant, Maixent faisait des petits pas en arrière ; alors, Eudes l'a poussé et l'imprimerie est tombée avec toutes les lettres par terre. Maixent, il est devenu tout rouge et il s'est jeté sur Eudes. Moi j'ai essayé de ramasser les lettres, mais Maixent m'a marché sur la main ; alors, quand Eudes m'a laissé un peu de place, j'ai donné une gifle à Maixent et puis le Bouillon (c'est notre surveillant, mais ce n'est pas son vrai nom) est arrivé pour nous séparer. Et on n'a pas rigolé, parce qu'il nous a confisqué l'imprimerie, il nous a dit que nous étions tous des garnements, il nous a mis en retenue, il est allé sonner la cloche et il est allé porter Agnan à l'infirmerie, parce qu'il était malade. Il a été drôlement occupé, le Bouillon !

Le journal, on ne le fera pas. Le Bouillon ne veut pas nous rendre l'imprimerie avant les grandes vacances. Bah ! de toute façon, on n'aurait rien eu à raconter dans le journal.

Chez nous, il ne se passe jamais rien.

Le vase rose du salon

J'étais à la maison, en train de jouer à la balle, quand, bing ! j'ai cassé le vase rose du salon.

Maman est venue en courant et moi je me suis mis à pleurer.

— Nicolas ! m'a dit Maman, tu sais qu'il est défendu de jouer à la balle dans la maison ! Regarde ce que tu as fait : tu as cassé le vase rose du salon ! Ton père y tenait beaucoup, à ce vase. Quand il viendra, tu lui avoueras ce que tu as fait, il te punira et ce sera une bonne leçon pour toi !

Maman a ramassé les morceaux de vase qui étaient sur le tapis et elle est allée dans la cuisine. Moi, j'ai continué à pleurer, parce qu'avec Papa, le vase, ça va faire des histoires.

Papa est arrivé de son bureau, il s'est assis dans son fauteuil, il a ouvert son journal et il s'est mis à lire. Maman m'a appelé dans la cuisine et elle m'a dit :

— Eh bien ? Tu lui as dit, à Papa, ce que tu as fait ?

— Moi, je veux pas lui dire ! j'ai expliqué, et j'ai pleuré un bon coup.

— Ah ! Nicolas, tu sais que je n'aime pas ça, m'a dit Maman. Il faut avoir du courage dans la vie. Tu es un grand garçon, maintenant ; tu vas aller dans le salon et tout avouer à Papa !

Chaque fois qu'on me dit que je suis un grand garçon, j'ai des ennuis, c'est vrai à la fin ! Mais comme Maman n'avait pas l'air de rigoler, je suis allé dans le salon.

— Papa... j'ai dit.

— Hmm ? a dit Papa, qui a continué à lire son journal.

— J'ai cassé le vase rose du salon, j'ai dit très vite à Papa, et j'avais une grosse boule dans la gorge.

— Hmm ? a dit Papa, c'est très bien, mon chéri, va jouer.

Je suis retourné dans la cuisine drôlement content, et Maman m'a demandé :

— Tu as parlé à Papa ?

— Oui, maman, j'ai répondu.

— Et qu'est-ce qu'il t'a dit ? m'a demandé Maman.

— Il m'a dit que c'était très bien, mon chéri, et que j'aille jouer, j'ai répondu.

Ça, ça ne lui a pas plu, à Maman. « Ça par exemple ! » elle a dit, et puis elle est allée dans le salon.

— Alors, a dit Maman, c'est comme ça que tu fais l'éducation du petit ?

Papa a levé la tête de son journal l'air très étonné.

— Qu'est-ce que tu dis ? il a demandé.

— Ah ! non, je t'en prie, ne fais pas l'innocent, a dit Maman. Evidemment, tu préfères lire tranquillement ton journal, pendant que moi je m'occupe de la discipline !

— J'aimerais en effet, a dit Papa, lire tranquillement mon journal, mais il semble que ce soit une chose impossible dans cette maison !

— Oh ! bien sûr, Monsieur aime prendre ses aises ! Les pantoufles, le journal, et à moi toutes les sales besognes ! a crié Maman. Et après, tu t'étonneras si ton fils devient un dévoyé !

— Mais enfin, a crié Papa, que veux-tu que je fasse ? Que je fouette le gosse dès que j'entre dans la maison ?

— Tu refuses tes responsabilités, a dit Maman, ta famille ne t'intéresse guère !

— Ça, par exemple ! a crié Papa, moi qui travaille comme un forcené, qui supporte la mauvaise humeur de mon patron, qui me prive de bien des joies pour vous mettre, toi et Nicolas, à l'abri du besoin...

— Je t'ai déjà dit de ne pas parler d'argent devant le petit ! a dit Maman.

— On me rend fou dans cette maison ! a crié Papa, mais ça va changer ! Oh ! la la ! ça va changer !

— Ma mère m'avait prévenue, a dit Maman ; j'aurais dû l'écouter !

— Ah ! ta mère ! Ça m'étonnait qu'elle ne soit pas encore arrivée dans la conversation, ta mère ! a dit Papa.

— Laisse ma mère tranquille, a crié Maman ! Je t'interdis de parler de ma mère !

— Mais ce n'est pas moi qui... a dit Papa, et on a sonné à la porte.

C'était M. Blédurt, notre voisin.

— J'étais venu voir si tu voulais faire une partie de dames, il a dit à Papa.

— Vous tombez bien, monsieur Blédurt, a dit Maman ; vous allez être juge de la situation ! Ne pensez-vous pas qu'un père doit prendre une part active dans l'éducation de son fils ?

— Qu'est-ce qu'il en sait ? Il n'a pas d'enfants ! a dit Papa.

— Ce n'est pas une raison, a dit Maman : les dentistes n'ont jamais mal aux dents, ça ne les empêche pas d'être dentistes !

— Et d'où as-tu sorti cette histoire que les dentistes n'ont jamais mal aux dents ? a dit Papa ; tu me fais rigoler ! Et il s'est mis à rigoler.

— Vous voyez, vous voyez, monsieur Blédurt ? Il se moque de moi ! a crié Maman. Au lieu de s'occuper de son fils, il fait de l'esprit ! Qu'en pensez-vous, monsieur Blédurt ?

— Pour les dames, a dit M. Blédurt, c'est fichu. Je m'en vais.

— Ah ! non, a dit Maman ; vous avez tenu à mettre votre grain de sel dans cette conversation, vous resterez jusqu'au bout !

— Pas question, a dit Papa ; cet imbécile que personne n'a sonné n'a rien à faire ici ! Qu'il retourne dans sa niche !

— Ecoutez... a dit M. Blédurt.

— Oh ! vous, les hommes, tous pareils ! a dit Maman. Vous vous tenez bien entre vous ! Et puis vous feriez mieux de rentrer chez vous, plutôt que d'écouter aux portes de vos voisins !

— Eh bien, on jouera aux dames un autre jour, a dit M. Blédurt. Bonsoir. Au revoir, Nicolas !

Et M. Blédurt est parti.

Moi, je n'aime pas quand Papa et Maman se disputent, mais ce que j'aime bien, c'est quand ils se réconcilient. Et là, ça n'a pas raté.

Maman s'est mise à pleurer, alors Papa il a eu l'air embêté, il a dit : « Allons, allons, allons... » et puis il a embrassé Maman, il a dit qu'il était une grosse brute, et Maman a dit qu'elle avait eu tort, et Papa a dit que non, que c'était lui qui avait eu tort et ils se sont mis à rigoler, et ils se sont embrassés, et ils m'ont embrassé, et ils m'ont dit que tout ça c'était pour rire, et Maman a dit qu'elle allait faire des frites.

Le dîner a été très chouette, et tout le monde souriait drôlement et puis Papa a dit : « Tu sais, chérie, je crois que nous avons été un peu injustes envers ce bon Blédurt. Je vais lui téléphoner pour lui dire de venir prendre le café et jouer aux dames. »

M. Blédurt, quand il est venu, il se méfiait un peu. « Vous n'allez pas recommencer à vous disputer, au moins ? » il a dit ; mais Papa et Maman se sont mis à rigoler, ils l'ont pris chacun par un bras et ils l'ont emmené dans le salon. Papa a mis le damier sur la petite table, Maman a apporté le café et moi j'ai eu un canard.

Et puis, Papa a levé la tête, il a eu l'air tout étonné et il a dit : « Ça, par exemple !... Où est donc passé le vase rose du salon ? »

A la récré, on se bat

— T'es un menteur, j'ai dit à Geoffroy.

— Répète un peu, m'a répondu Geoffroy.

— T'es un menteur, je lui ai répété.

— Ah ! oui ? il m'a demandé.

— Oui, je lui ai répondu, et la cloche a sonné la fin de la récré.

— Bon, a dit Geoffroy pendant que nous nous mettions en rang, à la prochaine récré, on se bat.

— D'accord, je lui ai dit ; parce que moi, ce genre de choses, il faut pas me le dire deux fois, c'est vrai quoi, à la fin.

— Silence dans les rangs ! a crié le Bouillon, qui est notre surveillant ; et avec lui il ne faut pas rigoler.

En classe, c'était géographie. Alceste, qui est assis à côté de moi, m'a dit qu'il me tiendrait la veste à la récré, quand je me battrai avec Geoffroy, et il m'a dit de taper au menton, comme font les boxeurs à la télé.

— Non, a dit Eudes, qui est assis derrière nous, c'est au nez qu'il faut taper ; tu cognes dessus, bing, et tu as gagné.

— Tu racontes n'importe quoi, a dit Rufus, qui est assis à côté de Eudes ; avec Geoffroy, ce qui marche, c'est les claques.

— T'as vu souvent des boxeurs qui se donnent des claques, imbécile ? a demandé Maixent, qui est assis pas loin et qui a envoyé un papier à Joachim qui voulait savoir de quoi il s'agissait, mais qui, d'où il est, ne pouvait pas entendre.

Ce qui est embêtant, c'est que le papier, c'est Agnan qui l'a reçu, et Agnan c'est le chouchou de la maîtresse et il a levé le doigt et il a dit : « Mademoiselle, j'ai reçu un papier ! »

La maîtresse, elle a fait de gros yeux et elle a demandé à Agnan de lui apporter le papier, et Agnan y est allé, drôlement fier. La maîtresse a lu le papier et elle a dit :

— Je lis ici que deux d'entre vous vont se battre pendant la récréation. Je ne sais pas de qui il s'agit, et je ne veux pas le savoir. Mais je vous préviens, je questionnerai M. Dubon, votre surveillant, après la récréation, et les coupables seront sévèrement punis. Alceste, au tableau.

Alceste est allé se faire interroger sur les fleuves et ça n'a pas marché très bien, parce que les seuls qu'il connaissait, c'était la Seine, qui fait des tas de méandres, et la Nive, où il est allé passer ses vacances l'été dernier. Tous les copains avaient l'air drôlement impatients que la récré arrive et ils discutaient entre eux. La maîtresse a même été obligée de taper avec sa règle sur la table et Clotaire, qui dormait, a cru que c'était pour lui et il est allé au piquet. Moi, j'étais embêté, parce que si la maîtresse me met en retenue, à la maison ça va faire des tas d'histoires et pour la crème au chocolat, ce soir, c'est fichu. Et puis, qui sait ? Peut-être que la maîtresse va me faire renvoyer, et ça, ce serait terrible ; Maman aurait beaucoup de peine, Papa me dirait que lui, quand il avait mon âge, il était un exemple pour tous ses petits camarades, que ça valait bien la peine de se saigner aux quatres veines pour me donner une éducation soignée, que je finirai mal, et que je ne retournerai pas de si tôt au cinéma. J'avais une grosse boule dans la gorge et la cloche de la récré a sonné et moi j'ai regardé

Geoffroy et j'ai vu qu'il n'avait pas l'air tellement pressé de descendre dans la cour, lui non plus.

En bas, tous les copains nous attendaient et Maixent a dit : « Allons au fond de la cour, là on sera tranquilles. »

Geoffroy et moi on a suivi les autres, et puis Clotaire a dit à Agnan :

— Ah ! non, pas toi ! Tu as cafardé !

— Moi, je veux voir ! a dit Agnan, et puis il a dit que s'il ne pouvait pas voir, il irait prévenir le Bouillon tout de suite et personne ne pourrait se battre et ce serait bien fait pour nous.

— Bah ! laissons-le voir, a dit Rufus ; après tout, Geoffroy et Nicolas seront punis de toute façon ; alors, qu'Agnan ait prévenu la maîtresse avant ou après, ça n'a aucune importance.

— Punis, punis, a dit Geoffroy, on sera punis si on se bat. Pour la dernière fois, Nicolas, tu retires ce que tu as dit ?

— Il ne retire rien du tout, sans blague ! a crié Alceste.

— Ouais ! a dit Maixent.

— Bon, allons-y, a dit Eudes, moi je serai l'arbitre.

— L'arbitre ? a dit Rufus, tu me fais bien rigoler. Pourquoi ce serait toi l'arbitre et pas un autre ?

— Dépêchons-nous, a dit Joachim, on va

pas se bagarrer pour ça, et la récré va bientôt se terminer.

— Pardon, a dit Geoffroy, l'arbitre, c'est drôlement important ; moi, je ne me bats pas si je n'ai pas un bon arbitre.

— Parfaitement, j'ai dit, Geoffroy a raison.

— D'accord, d'accord, a dit Rufus, l'arbitre ce sera moi.

Ça, ça ne lui a pas plu, à Eudes, qui a dit que Rufus ne connaissait rien à la boxe, et qu'il croyait que les boxeurs se donnaient des claques.

— Mes claques valent bien tes coups de poing sur le nez, a dit Rufus, et paf, il a donné une claque sur la figure d'Eudes. Il s'est fâché tout plein, Eudes, je ne l'ai jamais vu comme ça, et il a commencé à se battre avec Rufus et il voulait lui taper sur le nez, mais Rufus ne restait pas tranquille, et ça, ça mettait Eudes encore plus en colère et il criait que Rufus n'était pas un bon copain.

— Arrêtez ! Arrêtez ! criait Alceste, la récré va bientôt se terminer !

— Toi, le gros, on t'a assez entendu ! a dit Maixent.

Alors, Alceste m'a demandé de tenir son croissant, et il a commencé à se battre avec Maixent. Et ça, ça m'a étonné, parce qu'Alceste, d'habitude, il n'aime pas se battre, surtout quand il est en train de manger un croissant. Ce qu'il y a, c'est que sa maman lui fait

prendre un médicament pour maigrir et, depuis, Alceste n'aime pas qu'on l'appelle « le gros ». Comme j'étais occupé à regarder

Alceste et Maixent, je ne sais pas pourquoi
Joachim a donné un coup de pied à Clotaire,
mais je crois que c'est parce que Clotaire

a gagné des tas de billes à Joachim, hier.

En tout cas, les copains se battaient drôlement et c'était chouette. J'ai commencé à manger le croissant d'Alceste et j'en ai donné un bout à Geoffroy. Et puis, le Bouillon est arrivé en courant, il a séparé tout le monde en disant que c'était une honte et qu'on allait voir ce qu'on allait voir, et il est allé sonner la cloche.

— Et voilà, a dit Alceste, qu'est-ce que je disais ? A force de faire les guignols, Geoffroy et Nicolas n'ont pas eu le temps de se battre.

Quand le Bouillon lui a raconté ce qui s'était passé, la maîtresse s'est fâchée et elle a mis toute la classe en retenue, sauf Agnan, Geoffroy et moi, et elle a dit que nous étions des exemples pour les autres qui étaient des petits sauvages.

— T'as de la veine que la cloche ait sonné, m'a dit Geoffroy, parce que j'avais bien envie de me battre avec toi.

— Ne me fais pas rigoler, espèce de menteur, je lui ai dit.

— Répète un peu ! il m'a dit.

— Espèce de menteur ! Je lui ai répété.

— Bon, m'a dit Geoffroy, à la prochaine récré, on se bat.

— D'accord, je lui ai répondu.

Parce que vous savez, ce genre de choses, moi, il ne faut pas me les dire deux fois. C'est vrai, quoi, à la fin !

King

Avec Alceste, Eudes, Rufus, Clotaire et les copains, nous avons décidé d'aller à la pêche.

Il y a un square où nous allons jouer souvent, et dans le square il y a un chouette étang. Et dans l'étang, il y a des têtards. Les têtards, ce sont des petites bêtes qui grandissent et qui deviennent des grenouilles ; c'est à l'école qu'on nous a appris ça. Clotaire ne le savait pas, parce qu'il n'écoute pas souvent en classe, mais nous, on lui a expliqué.

A la maison, j'ai pris un bocal à confitures vide, et je suis allé dans le square, en faisant bien attention que le gardien ne me voie pas. Le gardien du square, il a une grosse moustache, une canne, un sifflet à roulette comme celui du papa de Rufus, qui est agent de police, et il nous gronde souvent, parce qu'il y a des tas de choses qui sont défendues dans le square : il ne faut pas marcher sur l'herbe, monter aux arbres, arracher les fleurs, faire du vélo, jouer au football, jeter des papiers par terre et se battre. Mais on s'amuse bien quand même !

Eudes, Rufus et Clotaire étaient déjà au bord de l'étang avec leurs bocaux. Alceste est arrivé le dernier ; il nous a expliqué qu'il n'avait pas trouvé de bocal vide et qu'il avait dû en vider un. Il avait encore des tas de confiture sur la figure, Alceste ; il était bien content. Comme le gardien n'était pas là, on s'est tout de suite mis à pêcher.

C'est très difficile de pêcher des têtards ! Il faut se mettre à plat ventre sur le bord de l'étang, plonger le bocal dans l'eau et essayer d'attraper les têtards qui bougent et qui n'ont drôlement pas envie d'entrer dans les bocaux. Le premier qui a eu un têtard, ça a été Clotaire, et il était tout fier, parce qu'il n'est pas habitué à être le premier de quoi que ce soit. Et puis, à la fin, on a tous eu notre têtard. C'est-à-dire qu'Alceste n'a pas réussi à en pêcher, mais Rufus, qui est un pêcheur terrible, en avait deux dans son bocal et il a donné le plus petit à Alceste.

— Et qu'est-ce qu'on va faire avec nos têtards ? a demandé Clotaire.

— Ben, a répondu Rufus, on va les emmener chez nous, on va attendre qu'ils grandissent et qu'ils deviennent des grenouilles, et on va faire des courses. Ça sera rigolo !

— Et puis, a dit Eudes, les grenouilles, c'est pratique, ça monte par une petite échelle et ça vous dit le temps qu'il fera pour la course !

— Et puis, a dit Alceste, les cuisses de grenouille, avec de l'ail, c'est très très bon !

Et Alceste a regardé son têtard, en se passant la langue sur les lèvres.

Et puis on est partis en courant parce qu'on a vu le gardien du square qui arrivait. Dans la rue, en marchant, je voyais mon têtard dans le bocal, et il était très chouette : il bougeait beaucoup et j'étais sûr qu'il deviendrait une grenouille terrible, qui allait gagner toutes les courses. J'ai décidé de l'appeler King ; c'est le nom d'un cheval blanc que j'ai vu jeudi dernier dans un film de cow-boys. C'était un cheval qui courait très vite et qui venait quand son cow-boy le sifflait. Moi, je lui apprendrai à faire des tours, à mon têtard, et quand il sera grenouille, il viendra quand je le sifflerai.

Quand je suis entré dans la maison, Maman m'a regardé et elle s'est mise à pousser des cris : « Mais regarde-moi dans quel état tu t'es mis ! Tu as de la boue partout, tu es trempé comme une soupe ! Qu'est-ce que tu as encore fabriqué ? »

C'est vrai que je n'étais pas très propre, surtout que j'avais oublié de rouler les manches de ma chemise quand j'avais mis mes bras dans l'étang.

— Et ce bocal ? a demandé Maman, qu'est-ce qu'il y a dans ce bocal ?

— C'est King, j'ai dit à Maman en lui montrant mon têtard. Il va devenir grenouille, il viendra quand je le sifflerai, il nous dira le temps qu'il fait et il va gagner des courses !

Maman, elle a fait une tête avec le nez tout chiffonné.

— Quelle horreur ! elle a crié, Maman.
Combien de fois faut-il que je te dise de ne pas
apporter des saletés dans la maison ?

— C'est pas des saletés, j'ai dit, c'est propre
comme tout, c'est tout le temps dans l'eau et je
vais lui apprendre à faire des tours !

— Eh bien, voilà ton père, a dit Maman ;
nous allons voir ce qu'il en dit !

Et quand Papa a vu le bocal, il a dit :
« Tiens ! c'est un têtard », et il est allé s'asseoir

dans le fauteuil pour lire son journal. Maman, elle, était toute fâchée.

— C'est tout ce que tu trouves à dire ? elle a demandé à Papa. Je ne veux pas que cet enfant ramène toutes sortes de sales bêtes à la maison !

— Bah ! a dit Papa, un têtard, ce n'est pas bien gênant...

— Eh bien, parfait, a dit Maman, parfait ! Puisque je ne compte pas, je ne dis plus rien. Mais je vous préviens, c'est le têtard ou moi !

Et Maman est partie dans la cuisine.

Papa a fait un gros soupir et il a plié son journal.

— Je crois que nous n'avons pas le choix, Nicolas, il m'a dit. Il va falloir se débarrasser de cette bestiole.

Moi, je me suis mis à pleurer, j'ai dit que je ne voulais pas qu'on fasse du mal à King et qu'on était déjà drôlement copains tous les deux. Papa m'a pris dans ses bras :

— Écoute, bonhomme, il m'a dit. Tu sais que ce petit têtard a une maman grenouille. Et la maman grenouille doit avoir beaucoup de peine d'avoir perdu son enfant. Maman, elle ne serait pas contente si on t'emmenait dans un bocal. Pour les grenouilles, c'est la même chose. Alors, tu sais ce qu'on va faire ? Nous allons partir tous les deux et nous allons remettre le têtard où tu l'as pris, et puis tous les dimanches tu pourras aller le voir. Et en revenant à la maison, je t'achèterai une tablette en chocolat.

Moi, j'ai réfléchi un coup et j'ai dit que bon, d'accord.

Alors, Papa est allé dans la cuisine et il a dit à Maman, en rigolant, que nous avions décidé de la garder et de nous débarrasser du têtard.

Maman a rigolé aussi, elle m'a embrassé et elle a dit que pour ce soir, elle ferait du gâteau. J'étais très consolé.

Quand nous sommes arrivés dans le jardin, j'ai conduit Papa, qui tenait le bocal, vers le bord de l'étang. « C'est là » j'ai dit. Alors j'ai dit au revoir à King et Papa a versé dans l'étang tout ce qu'il y avait dans le bocal.

Et puis nous nous sommes retournés pour partir et nous avons vu le gardien du square qui sortait de derrière un arbre avec des yeux ronds.

— Je ne sais pas si vous êtes tous fous ou si c'est moi qui le deviens, a dit le gardien, mais vous êtes le septième bonhomme, y compris un agent de police, qui vient aujourd'hui jeter le contenu d'un bocal d'eau à cet endroit précis de l'étang.

L'appareil de photo

Juste quand j'allais partir pour l'école, le facteur a apporté un paquet pour moi, c'était un cadeau de mémé : un appareil de photo ! Ma mémé, c'est la plus gentille du monde !

« Elle a de drôles d'idées, ta mère, a dit papa à maman, ce n'est pas un cadeau à faire à un enfant. » Maman s'est fâchée, elle a dit que, pour papa, tout ce que faisait sa mère (ma mémé) ne lui plaisait pas, que ce n'était pas malin de parler comme ça devant l'enfant, que c'était un merveilleux cadeau, et moi j'ai demandé si je pouvais emmener mon appareil de photo à l'école et maman a dit que oui, mais attention de ne pas me le faire confisquer. Papa, il a haussé les épaules, et puis il a regardé les instructions avec moi et il m'a montré comment il fallait faire. C'est très facile.

En classe, j'ai montré mon appareil de photo à Alceste, qui est assis à côté de moi, et je lui ai dit qu'à la récré on ferait des tas de photos. Alors, Alceste s'est retourné et en a

parlé à Eudes et à Rufus qui sont assis derrière
nous. Ils ont prévenu Geoffroy, qui a envoyé
un petit papier à Maixent, qui l'a passé à Joachim, qui a réveillé Clotaire, et la maîtresse a
dit : « Nicolas, répétez un peu ce que je viens
de dire. » Alors moi, je me suis levé et je me
suis mis à pleurer, parce que je ne savais pas
ce que la maîtresse avait dit. Pendant qu'elle
parlait, j'avais été occupé à regarder Alceste
par la petite fenêtre de l'appareil. « Qu'est-ce
que vous cachez sous votre pupitre ? » a
demandé la maîtresse. Quand la maîtresse
vous dit « vous », c'est qu'elle n'est pas contente ; alors moi, j'ai continué à pleurer, et la
maîtresse est venue, elle a vu l'appareil de
photo, elle me l'a confisqué, et puis elle m'a dit
que j'aurais un zéro. « C'est gagné », a dit

Alceste, et la maîtresse lui a donné un zéro aussi et elle lui a dit de cesser de manger en classe, et ça, ça m'a fait rigoler, parce que c'est vrai, il mange tout le temps, Alceste. « Moi je peux répéter ce que vous avez dit, mademoiselle », a dit Agnan, qui est le premier de la classe et le chouchou de la maîtresse, et la classe a continué. Quand la récré a sonné, la maîtresse m'a fait rester après les autres et elle m'a dit : « Tu sais, Nicolas, je ne veux pas te faire de peine, je sais que c'est un beau cadeau que tu as là. Alors, si tu promets d'être sage, de ne plus jouer en classe et de bien travailler, je t'enlève ton zéro et je te rends ton appareil de photo. » Moi, j'ai drôlement promis, alors la maîtresse m'a rendu l'appareil et elle m'a dit de rejoindre mes petits camarades dans la cour. La maîtresse, c'est simple : elle est chouette, chouette, chouette !

Quand je suis descendu dans la cour, les copains m'ont entouré. « On ne s'attendait pas à te voir », a dit Alceste, qui mangeait un petit pain beurré. « Et puis, elle t'a rendu ton appareil de photo ! » a dit Joachim. « Oui, j'ai dit,

on va faire des photos, mettez-vous en groupe ! » Alors, les copains se sont mis en tas devant moi, même Agnan est venu.

L'ennui, c'est que, dans les instructions, ils disent qu'il faut se mettre à quatre pas, et moi j'ai encore des petites jambes. Alors, c'est Maixent qui a compté les pas pour moi, parce que lui il a des jambes très longues avec des gros genoux sales, et puis, il est allé se mettre avec les autres. J'ai regardé par la petite fenêtre pour voir s'ils étaient tous là, la tête d'Eudes je n'ai pas pu l'avoir parce qu'il est trop grand et la moitié d'Agnan dépassait vers la droite. Ce qui est dommage, c'est le sandwich qui cachait la figure d'Alceste, mais il n'a pas voulu s'arrêter de manger. Ils ont tous fait des sourires, et clic ! j'ai pris la photo. Elle sera terrible !

« Il est bien, ton appareil », a dit Eudes. « Bah ! a dit Geoffroy, à la maison, mon papa m'en a acheté un bien mieux, avec un flash ! » Tout le monde s'est mis à rigoler, c'est vrai, il dit n'importe quoi, Geoffroy. « Et c'est quoi, un flash ? » j'ai demandé. « Ben, c'est une lampe qui fait pif ! comme un feu d'artifice, et on peut photographier la nuit », a dit Geoffroy. « Tu es un menteur, voilà ce que tu es ! » j'ai dit. « Je vais te donner une claque », m'a dit Geoffroy. « Si tu veux, Nicolas, a dit Alceste, je peux te tenir l'appareil de photo. » Alors, je lui ai donné l'appareil, en lui disant de faire attention, je me méfiais parce qu'il avait les doigts pleins de beurre et j'avais peur que ça glisse. Nous avons commencé à nous battre, et le Bouillon — c'est notre surveillant, mais ce n'est pas son vrai nom — est arrivé en courant et il nous a séparés. « Qu'est-ce qu'il y a encore ? » il a demandé. « C'est Nicolas, a expliqué Alceste, il se bat avec Geoffroy parce que son appareil de photo n'a pas de feu d'artifice pour la nuit.

— Ne parlez pas la bouche pleine, a dit le Bouillon, et qu'est-ce que c'est cette histoire d'appareil de photo ? »

Alors Alceste lui a donné l'appareil, et le Bouillon a dit qu'il avait bien envie de le confisquer. « Oh ! non, m'sieur, oh ! non », j'ai crié. « Bon, a dit le Bouillon, je vous le laisse, mais regardez-moi dans les yeux, il faut être sage et ne plus se battre, compris ? » Moi j'ai dit que j'avais compris, et puis je lui ai demandé si je pouvais prendre sa photo.

Le Bouillon, il a eu l'air tout surpris. « Vous voulez avoir ma photo ? » il m'a demandé. « Oh ! oui, m'sieur », j'ai répondu. Alors, le Bouillon, il a fait un sourire, et quand il fait ça, il a l'air tout gentil. « Hé hé, il a dit, hé, hé, bon, mais fais vite, parce que je dois sonner la fin de la récréation. » Et puis, le Bouillon s'est mis sans bouger au milieu de la cour, avec une main dans la poche et l'autre sur le ventre, un pied en avant et il a regardé loin devant lui.

Maixent m'a compté quatre pas, j'ai regardé le
Bouillon dans la petite fenêtre, il était rigolo.
Clic, j'ai pris la photo, et puis il est allé sonner
la cloche.

Le soir, à la maison, quand papa est revenu
de son bureau, je lui ai dit que je voulais
prendre sa photo avec maman. « Écoute, Nicolas, m'a dit papa, je suis fatigué, range cet
appareil et laisse-moi lire mon journal. » « Tu

n'es pas gentil, lui a dit maman, pourquoi contrarier le petit ? Ces photos seront des souvenirs merveilleux pour lui. » Papa a fait un gros soupir, il s'est mis à côté de maman, et moi j'ai pris les six dernières photos du rouleau. Maman m'a embrassé et elle m'a dit que j'étais son petit photographe à elle.

Le lendemain, papa a pris le rouleau pour le faire développer, comme il dit. Il a fallu attendre plusieurs jours pour voir les photos, et moi j'étais drôlement impatient. Et puis, hier soir, papa est revenu avec les photos.

« Elles ne sont pas mal, a dit papa, celles de l'école avec tes camarades et le moustachu, là... Celles que tu as faites à la maison sont trop foncées, mais ce sont les plus drôles ! » Maman est venue voir et papa lui montrait les photos en lui disant : « Dis donc, il ne t'a pas gâtée, ton fils ! » et papa rigolait, et maman a pris les photos et elle a dit qu'il était temps de passer à table.

Moi, ce que je ne comprends pas, c'est pourquoi maman a changé d'avis. Maintenant, elle dit que papa avait raison et que ce ne sont pas des jouets à offrir aux petits garçons.

Et elle a mis l'appareil de photo en haut de l'armoire.

Le football

J'étais dans le terrain vague avec les copains : Eudes, Geoffroy, Alceste, Agnan, Rufus, Clotaire, Maixent et Joachim. Je ne sais pas si je vous ai déjà parlé de mes copains, mais je sais que je vous ai parlé du terrain vague. Il est terrible ; il y a des boîtes de conserve, des pierres, des chats, des bouts de bois et une auto. Une auto qui n'a pas de roues, mais avec laquelle on rigole bien : on fait « vroum vroum », on joue à l'autobus, à l'avion ; c'est formidable !

Mais là, on n'était pas venus pour jouer avec l'auto. On était venus pour jouer au football. Alceste a un ballon et il nous le prête à condition de faire le gardien de but, parce qu'il n'aime pas courir. Geoffroy, qui a un papa très riche, était venu habillé en footballeur, avec une chemise rouge, blanche et bleue, des culottes blanches avec une bande rouge, des grosses chaussettes, des protège-tibias et des chaussures terribles avec des clous en dessous. Et ce serait plutôt les autres qui auraient besoin de protège-tibias, parce que Geoffroy, comme dit le monsieur de la radio, c'est un joueur rude. Surtout à cause des chaussures.

On avait décidé comment former l'équipe. Alceste serait goal, et comme arrières on aurait Eudes et Agnan. Avec Eudes, rien ne passe, parce qu'il est très fort et il fait peur ; il est drôlement rude, lui aussi ! Agnan, on l'a mis là pour qu'il ne gêne pas, et aussi parce qu'on n'ose pas le bousculer ni lui taper dessus : il a des lunettes et il pleure facilement. Les demis, ce sera Rufus, Clotaire et Joachim. Eux, ils doivent nous servir des balles à nous, les avants. Les avants, nous ne sommes que trois, parce qu'il n'y a pas assez de copains, mais nous sommes terribles : il y a Maixent, qui a de grandes jambes avec de gros genoux sales et qui court très vite ; il y a moi qui ai un shoot formidable, bing ! Et puis il y a Geoffroy avec ses chaussures.

On était drôlement contents d'avoir formé l'équipe.

— On y va ? On y va ? a crié Maixent.

— Une passe ! Une passe ! a crié Joachim.

On rigolait bien, et puis Geoffroy a dit :

— Eh ! les gars ! contre qui on joue ? Il faudrait une équipe adverse.

Et ça c'est vrai, il avait raison, Geoffroy : on a beau faire des passes avec le ballon, si on n'a pas de but où l'envoyer, ce n'est pas drôle. Moi, j'ai proposé qu'on se sépare en deux équipes, mais Clotaire a dit : « Diviser l'équipe ? Jamais ! » Et puis, c'est comme quand on joue aux cow-boys, personne ne veut jouer les adversaires.

Et puis sont arrivés ceux de l'autre école. Nous, on ne les aime pas, ceux de l'autre école : ils sont tous bêtes. Souvent, ils viennent dans le terrain vague, et puis on se bat, parce que nous on dit que le terrain vague est à nous, et eux ils disent qu'il est à eux et ça fait des histoires. Mais là, on était plutôt contents de les voir.

— Eh ! les gars, j'ai dit, vous voulez jouer au football avec nous ? On a un ballon.

— Jouer avec vous ? Nous faites pas rigoler ! a dit un maigre avec des cheveux rouges, comme ceux de tante Clarisse qui sont devenus rouges le mois dernier, et Maman m'a expliqué que c'est de la peinture qu'elle a fait mettre dessus chez le coiffeur.

— Et pourquoi ça te fait rigoler, imbécile ? a demandé Rufus.

— C'est la gifle que je vais te donner qui va me faire rigoler ! il a répondu celui qui avait les cheveux rouges.

— Et puis d'abord, a dit un grand avec des dents, sortez d'ici, le terrain vague est à nous !

Agnan voulait s'en aller, mais nous, on n'était pas d'accord.

— Non, monsieur, a dit Clotaire, le terrain vague il est à nous ; mais ce qui se passe, c'est que vous avez peur de jouer au football avec nous. On a une équipe formidable !

— Fort minable ! a dit le grand avec des dents, et ils se sont tous mis à rigoler, et moi aussi, parce que c'était amusant ; et puis Eudes a donné un coup de poing sur le nez d'un petit qui ne disait rien. Mais comme le petit, c'était le frère du grand avec les dents, ça a fait des histoires.

— Recommence, pour voir, a dit le grand avec les dents à Eudes.

— T'es pas un peu fou ? a demandé le petit, qui se tenait le nez, et Geoffroy a donné un coup de pied au maigre qui avait les cheveux de tante Clarisse.

On s'est tous battus, sauf Agnan, qui pleurait et qui criait : « Mes lunettes ! J'ai des lunettes ! » C'était très chouette, et puis Papa est arrivé.

— On vous entend crier depuis la maison, bande de petits sauvages ! a crié Papa. Et toi, Nicolas, tu sais l'heure qu'il est ?

Et puis Papa a pris par le col un gros bête avec qui je me donnais des claques.

— Lâchez-moi, criait le gros bête. Sinon, j'appelle mon papa à moi, qui est percepteur, et je lui dis de vous mettre des impôts terribles !

Papa a lâché le gros bête et il a dit :

— Bon, ça suffit comme ça ! Il est tard, vos parents doivent s'inquiéter. Et puis d'abord, pourquoi vous battez-vous ? Vous ne pouvez pas vous amuser gentiment ?

— On se bat, j'ai dit, parce qu'ils ont peur de jouer au football avec nous !

— Nous, peur ? Nous, peur ? Nous, peur ? a crié le grand avec des dents.

— Eh bien ! a dit Papa, si vous n'avez pas peur, pourquoi ne jouez-vous pas ?

— Parce que ce sont des minables, voilà pourquoi, a dit le gros bête.

— Des minables ? j'ai dit, avec une ligne d'avants comme la nôtre : Maixent, moi et Geoffroy ? Tu me fais rigoler.

— Geoffroy ? a dit Papa. Moi je le verrais mieux comme arrière, je ne sais pas s'il est très rapide.

— Minute, a dit Geoffroy, j'ai les chaussures

et je suis le mieux habillé alors...

— Et comme goal ? a demandé Papa.

Alors, on lui a expliqué comment on avait
formé l'équipe et Papa a dit que ce n'était pas
mal, mais qu'il faudrait qu'on s'entraîne et que
lui il nous apprendrait parce qu'il avait failli
être international (il jouait inter droit au patro-
nage Chantecler). Il l'aurait été s'il ne s'était
pas marié. Ça, je ne le savais pas ; il est terrible, mon papa.

— Alors, a dit Papa à ceux de l'autre école,
vous êtes d'accord pour jouer avec mon
équipe, dimanche prochain ? Je serai l'arbitre.

— Mais non, ils sont pas d'accord, c'est des
dégonflés, a crié Maixent.

— Non, monsieur, on n'est pas des dégonflés, a répondu celui qui avait des cheveux

rouges, et pour dimanche c'est d'accord. A 3 heures... Qu'est-ce qu'on va vous mettre !

Et puis ils sont partis.

Papa est resté avec nous, et il a commencé à nous entraîner. Il a pris le ballon et il a mis un but à Alceste. Et puis il s'est mis dans les buts à la place d'Alceste, et c'est Alceste qui lui a mis un but. Alors Papa nous a montré comment il fallait faire des passes. Il a envoyé la balle, et il a dit : « A toi, Clotaire ! Une passe ! » Et la balle a tapé sur Agnan, qui a perdu ses lunettes et qui s'est mis à pleurer.

Et puis, Maman est arrivée.

— Mais enfin, elle a dit à Papa, qu'est-ce que tu fais-là ? Je t'envoie chercher le petit, je ne te vois pas revenir et mon dîner refroidit !

Alors, Papa est devenu tout rouge, il m'a

pris par la main et il a dit : « Allons, Nicolas, rentrons ! », et tous les copains ont crié : « A dimanche ! Hourra pour le papa de Nicolas ! »

A table, Maman rigolait tout le temps, et pour demander le sel à Papa elle a dit : « Fais-moi une passe, Kopa ! »

Les mamans, ça n'y comprend rien au sport, mais ça ne fait rien : dimanche prochain, ça va être terrible !

1re mi-temps

1. Hier après-midi, sur le terrain du terrain vague s'est déroulé un match de football association entre une équipe d'une autre école et une équipe entraînée par le père de Nicolas. Voici quelle était la composition de cette dernière : goal : Alceste ; arrières : Eudes et Clotaire ; demis : Joachim, Rufus, Agnan ; inter droit : Nicolas ; avant centre : Geoffroy ; ailier gauche : Maixent. L'arbitre était le père de Nicolas.

2. Ainsi que vous l'avez lu, il n'y avait pas d'ailier droit, ni d'inter gauche. Le manque d'effectifs avait

obligé le père de Nicolas à adopter une tactique (mise au point à l'ultime séance d'entraînement), qui consistait à jouer par contre-attaque. Nicolas, dont le tempérament offensif est comparable à celui d'un Fontaine, et Maixent, dont la finesse et le *sens* tactique rappellent Piantoni, devaient servir Geoffroy, dont les qualités ne rappellent personne, mais qui a l'avantage de posséder un équipement complet, ce qui est appréciable pour un avant centre.

3. Le match débuta à 15 h 40 environ. A la première minute, à la suite d'un cafouillage devant les buts, l'ailier gauche décocha un tir d'une telle puissance qu'Alceste fut dans l'obligation d'effectuer un plongeon

désespéré pour éviter le ballon qui arrivait droit sur lui. Mais le but fut refusé, l'arbitre se rappelant que les capitaines ne s'étaient pas serré la main.

4. A la cinquième minute, alors que le jeu se déroulait au milieu du terrain, un chien dévora le casse-croûte d'Alceste, qui était pourtant enveloppé de trois feuilles de papier et par trois ficelles (pas Alceste, le goûter). Cela porta un rude coup au moral du gardien de but (et chacun sait combien le moral est important pour un goal), qui encaissa un premier but à la septième minute...

5. Et un deuxième à la huitième... A la neuvième minute, Eudes, le capitaine, conseilla à Alceste de

jouer ailier gauche, Maixent le remplaçant dans les buts. (Ce qui, à notre avis, est une erreur, Alceste est plutôt un demi offensif qu'un attaquant de tempérament.)

6. *A la quatorzième minute, une averse telle tomba sur le terrain que la plupart des joueurs coururent se mettre à l'abri, Nicolas restant sur le terrain contre un joueur adverse. Rien ne fut marqué durant cette période.*

7. A la vingtième minute, Geoffroy, en position de demi droit ou d'inter gauche (peu importe), dégagea son camp d'un shoot terrible.

8. A la même vingtième minute, M. Chapo allait rendre visite à sa mère-grand, qui était grippée.

9. Le choc le déséquilibra et il pénétra chez les Chadefaut, brouillés avec lui depuis vingt ans.

10. Il réapparut sur le terrain grâce à un chemin connu de lui seul probablement et s'empara du ballon juste comme la remise en jeu allait avoir lieu.

11. Après cinq minutes de perplexité (ce qui nous amène à la vingt-cinquième minute), le match reprit, une boîte de conserve remplaçant le ballon. Aux vingt-sixième, vingt-septième, vingt-huitième minutes, Alceste, grâce à ses dribbles, marqua trois buts (il est pratiquement impossible de prendre une boîte de conserve de petits pois extra fins — même vide — à Alceste). L'équipe de Nicolas menait par 3 à 2.

12. A la trentième minute, M. Chapo rapporta le ballon. (Sa mère-grand allait mieux et il était d'excellente humeur). Comme la boîte de conserve était inutile on la jeta.

13. A la trente et unième minute, Nicolas déborda la défense adverse, centra sur Rufus, en position d'inter gauche (mais, comme il n'y avait pas d'inter gauche, il était en position d'avant centre), Rufus passa à Clo-

taire qui, par un shoot du gauche, prit tout le monde à contre-pied et l'arbitre au creux de l'estomac. Celui-ci, d'une voix sourde expliqua aux deux capitaines que, le temps se couvrant, qu'une averse menaçant et que le fond de l'air étant un peu frais, il vaudrait mieux jouer la deuxième mi-temps la semaine prochaine.

2ᵉ mi-temps

1. Durant toute la semaine, les coups de téléphone entre le père de Nicolas et les autres pères avaient eu pour résultat de modifier sensiblement l'équipe : Eudes passait inter gauche et Geoffroy arrière. A l'issue d'une réunion des pères, plusieurs tactiques avaient été mises au point. La principale consistait à marquer un but dans les premières minutes, à jouer la défensive,

puis profiter d'une contre-attaque et en marquer un
autre. Si les enfants suivaient à la lettre ces instructions, ils remporteraient le match par 5 à 2, puisqu'ils
menaient déjà par 3 à 2. Les pères (de Nicolas, de ses
amis et ceux de l'autre école) étaient au grand complet
quand le match débuta, dans une ambiance pas-
sionnée, à 16 h 03.

2. On n'entendait que les pères sur le terrain. Cela
énerva les joueurs. Durant les premières minutes, rien

d'important ne se passa, si ce n'est un shoot de Rufus dans le dos du père de Maixent et une gifle que Clotaire reçut de son père, pour avoir manqué une passe. Joachim, qui était le capitaine à ce moment (il avait été décidé que tous les joueurs seraient capitaines durant cinq minutes chacun), alla demander à l'arbitre de bien vouloir faire évacuer le terrain. Clotaire ajouta que la gifle l'ayant commotionné, il ne pouvait plus tenir son poste. Son père dit qu'il prendrait sa place. Ceux de l'autre école protestèrent et dirent qu'ils prenaient leurs pères avec eux.

3. Un frémissement de plaisir parcourut les pères, qui tous enlevèrent leurs pardessus, vestons, cache-nez et chapeaux. Ils se précipitèrent sur le terrain en demandant aux enfants de faire attention et de ne pas trop s'approcher, qu'ils allaient leur montrer comment on tripote un ballon.

91

4. Dès les premières minutes de ce match, opposant les pères des amis de Nicolas et ceux de l'autre école, les fils furent vite fixés sur la façon dont on arrive à jouer au football, et

5. décidèrent d'un commun accord d'aller chez Clotaire, voir « Sport-Dimanche » à la télé.

6. Le match se déroulait avec, de part et d'autre, le souci d'envoyer de grands coups de pied dans la balle, de façon à prouver qu'on pouvait marquer un but si le vent contraire, dans tous les sens, n'était pas si gênant.

A la 16e minute, un père de l'autre école donna un grand coup de pied en direction d'un père qu'il espérait

être un père de l'autre école, mais qui, en réalité, était le père de Geoffroy. Celui-ci envoya un coup de pied encore plus fort. Le ballon atterrit au milieu de quelques caisses, boîtes de conserve et autres ferrailles, il fit entendre un bruit comparable à celui d'un ballon qu'on dégonfle, mais continua de rebondir, grâce au ressort qui l'avait traversé de part en part. Après trois secondes de discussion il fut décidé que le match continuerait, une boîte de conserve — pourquoi pas ? — tenant lieu de ballon.

7. A la 36e minute, le père de Rufus, en position d'arrière, arrêta la boîte de conserve, qui se dirigeait en tournoyant vers sa lèvre supérieure. Comme il l'arrêta de la main, l'arbitre (le frère d'un des pères de l'autre

école, le père de Nicolas tenant la place d'inter) siffla penalty. Malgré les protestations de certains joueurs (le père de Nicolas et tous les pères des amis de Nicolas), le penalty fut tiré et le père de Clotaire, qui jouait goal, ne put arrêter la boîte malgré un geste de dépit. Les pères de l'autre école égalisaient donc et la marque était de 3 à 3.

8. Il restait quelques minutes à jouer. Les pères étaient inquiets quant à l'accueil que leur réserveraient leurs fils s'ils perdaient le match. Le jeu, qui jusqu'alors avait été mauvais, devint exécrable. Les pères de l'autre école jouaient la défense. Certains posaient les deux pieds sur la boîte et empêchaient les autres de la prendre. Soudain, le père de Rufus, qui est agent de

police dans le civil, s'échappa. Dribblant deux pères adverses, il se présenta seul devant le goal, shoota sèchement et envoya la boîte au fond des filets. Les pères de Nicolas et ses amis remportaient le match par 4 à 3.

9. Sur la photo de l'équipe gagnante, prise après le match, on reconnaît : debout, de gauche à droite, les pères de Maixent, Rufus (le héros du match), Eudes (blessé à l'œil gauche), Geoffroy, Alceste. Assis, les pères de Joachim, Clotaire, Nicolas (blessé à l'œil gauche dans un choc avec le père de Eudes) et Agnan.

Le musée de peintures

Aujourd'hui, je suis très content, parce que la maîtresse emmène toute la classe au musée, pour voir des peintures. C'est drôlement amusant quand on sort tous ensemble, comme ça. C'est dommage que la maîtresse, qui est pourtant gentille, ne veuille pas le faire plus souvent.

Un car devait nous emmener de l'école au musée. Comme le car n'avait pas pu garer devant l'école, nous avons dû traverser la rue. Alors, la maîtresse nous a dit : « Mettez-vous en rangs par deux et donnez-vous la main ; et surtout, faites bien attention ! » Moi, j'ai moins aimé ça, parce que j'étais à côté d'Alceste, mon ami qui est très gros et qui mange tout le temps, et ce n'est pas très agréable de lui donner la main. J'aime bien Alceste, mais il a toujours les mains grasses ou collantes, ça dépend ce qu'il mange. Aujourd'hui, j'ai eu de la chance : il avait les mains sèches. « Qu'est-ce que tu manges, Alceste ? » je lui ai demandé. « Des biscuits secs », il m'a répondu, en m'envoyant plein de miettes à la figure.

Devant, à côté de la maîtresse, il y avait Agnan. C'est le premier de la`classe et le chouchou de la maîtresse. Nous, on ne l'aime pas trop, mais on ne tape pas beaucoup dessus à cause de ses lunettes. « En avant, marche ! » a crié Agnan, et nous avons commencé à traverser, pendant qu'un agent de police arrêtait les autos pour nous laisser passer.

Tout d'un coup, Alceste a lâché ma main et il a dit qu'il revenait tout de suite, qu'il avait oublié des caramels en classe. Alceste a commencé à traverser dans l'autre sens, au milieu des rangs, ce qui a fait un peu de désordre. « Où vas-tu, Alceste ? a crié la maîtresse ; reviens ici tout de suite ! » « Oui : où vas-tu, Alceste, a dit Agnan, reviens ici tout de suite ! » Eudes, ça ne lui a pas plu, ce qu'avait dit Agnan. Eudes est très fort et il aime bien donner des coups de poing sur le nez des gens. « De quoi te mêles-tu chouchou ? Je vais te donner un coup de poing sur le nez », a dit Eudes en avançant sur Agnan. Agnan s'est mis derrière la maîtresse et il a dit qu'on ne devait pas le frapper, qu'il avait des lunettes. Alors Eudes, qui était dans les derniers rangs, parce qu'il est très grand, a bousculé tout le monde ; il voulait aller trouver Agnan, lui enlever ses lunettes et lui donner un coup de poing sur le nez. « Eudes, retournez à votre place ! » a crié la maîtresse. « C'est ça, Eudes, a dit Agnan, retournez à votre place ! » « Je ne voudrais pas vous déranger, a dit l'agent de police, mais ça fait déjà un petit moment que j'arrête la circulation ; alors, si vous avez l'intention de faire la classe sur le passage clouté, il faut me le dire ; moi, je ferai passer les autos par l'école ! » Nous, on aurait bien aimé voir ça, mais la maîtresse est devenue toute rouge, et de la façon dont elle nous a dit de monter dans le car, on a compris que ce n'était pas le moment de rigoler. On a vite obéi.

Le car a démarré et, derrière, l'agent a fait signe aux autos qu'elles pouvaient passer, et puis, on a entendu des coups de freins et des cris. C'était Alceste qui traversait la rue en courant, avec son paquet de caramels à la main.

Finalement, Alceste est monté dans le car et nous avons pu partir pour de bon. Avant de tourner le coin de la rue, j'ai vu l'agent de police qui jetait son bâton blanc par terre, au milieu des autos accrochées.

Nous sommes entrés dans le musée, bien en rang, bien sages, parce qu'on l'aime bien notre maîtresse, et nous avions remarqué qu'elle avait l'air très nerveuse, comme maman quand papa laisse tomber la cendre de ses cigarettes sur le tapis. On est entrés dans une grande salle, avec des tas et des tas de peintures accrochées aux murs. « Vous allez voir ici des tableaux éxécutés par les grands maîtres de l'école flamande », a expliqué la maîtresse. Elle

Semir

n'a pas pu continuer très longtemps, parce qu'un gardien est arrivé en courant et en criant parce qu'Alceste avait passé le doigt sur un tableau pour voir si la peinture était encore fraîche. Le gardien a dit qu'il ne fallait pas toucher et il a commencé à discuter avec Alceste qui lui disait qu'on pouvait toucher puisque c'était bien sec et qu'on ne risquait pas de se salir. La maîtresse a dit à Alceste de se tenir tranquille et elle a promis au gardien de bien

nous surveiller. Le gardien est parti en remuant la tête.

Pendant que la maîtresse continuait à expliquer, nous avons fait des glissades ; c'était chouette parce que par terre c'était du carrelage et ça glissait bien. On jouait tous, sauf la maîtresse qui nous tournait le dos et qui expliquait un tableau, et Agnan, qui était à côté

d'elle et qui écoutait en prenant des notes. Alceste ne jouait pas non plus. Il était arrêté devant un petit tableau qui représentait des poissons, des biftecks et des fruits. Alceste regardait le tableau en se passant la langue sur les lèvres.

Nous, on s'amusait bien et Eudes était formidable pour les glissades ; il faisait presque la longueur de la salle. Après les glissades, on a commencé une partie de saute-mouton, mais on a dû s'arrêter parce qu'Agnan s'est retourné et il a dit : « Regardez, mademoiselle, ils jouent ! » Eudes s'est fâché et il est allé trouver Agnan qui avait enlevé ses lunettes pour les essuyer et qui ne l'a pas vu venir. Il n'a pas eu de chance, Agnan : s'il n'avait pas enlevé ses lunettes, il ne l'aurait pas reçu, le coup de poing sur le nez.

Le gardien est arrivé et il a demandé à la maîtresse si elle ne croyait pas qu'il valait mieux que nous partions. La maîtresse a dit que oui, qu'elle en avait assez.

Nous allions donc sortir du musée quand Alceste s'est approché du gardien. Il avait sous le bras le petit tableau qui lui avait tellement plu, avec les poissons, les biftecks et les fruits, et il a dit qu'il voulait l'acheter. Il voulait savoir combien le gardien en demandait.

Quand on est sortis du musée, Geoffroy a dit à la maîtresse que puisqu'elle aime les peintures, elle pouvait venir chez lui, que son papa et sa maman en avaient une chouette collection dont tout le monde parlait. La maîtresse s'est passé la main sur la figure et elle a dit qu'elle ne voulait plus jamais voir un tableau de sa vie, qu'elle ne voulait même pas qu'on lui parle de tableaux.

J'ai compris, alors, pourquoi la maîtresse n'avait pas l'air très contente de cette journée passée au musée avec la classe. Au fond, elle n'aime pas les peintures.

Le défilé

On va inaugurer une statue dans le quartier de l'école, et nous on va défiler.

C'est ce que nous a dit le directeur quand il est entré en classe ce matin et on s'est tous levés, sauf Clotaire qui dormait et il a été puni. Clotaire a été drôlement étonné quand on l'a réveillé pour lui dire qu'il serait en retenue jeudi. Il s'est mis à pleurer et ça faisait du bruit et moi je crois qu'on aurait dû continuer à le laisser dormir.

« Mes enfants, il a dit le directeur, pour cette cérémonie, il y aura des représentants du gouvernement, une compagnie d'infanterie rendra les honneurs, et les élèves de cette école auront le grand privilège de défiler devant le monument et de déposer une gerbe. Je compte sur vous, et j'espère que vous vous conduirez comme de vrais petits hommes. » Et puis, le directeur nous a expliqué que les grands feraient la répétition pour le défilé tout à l'heure, et nous après eux, à la fin de la matinée. Comme à la fin de la matinée, c'est l'heure de grammaire, on a tous trouvé que c'était chouette l'idée du défilé et on a été drôlement contents. On s'est tous mis à parler en même temps quand le directeur est parti et la maîtresse a tapé avec la règle sur la table, et on a fait de l'arithmétique.

Quand l'heure de grammaire est arrivée, la maîtresse nous a fait descendre dans la cour, où nous attendaient le directeur et le Bouillon. Le Bouillon, c'est le surveillant, on l'appelle comme ça, parce qu'il dit tout le temps : « Regardez-moi dans les yeux », et dans le bouillon il y a des yeux, mais je crois que je vous ai déjà expliqué ça une fois.

« Ah ! a dit le directeur, voilà vos hommes, monsieur Dubon. J'espère que vous aurez avec eux le même succès que celui que vous avez obtenu avec les grands tout à l'heure. » M. Dubon, c'est comme ça que le directeur appelle le Bouillon, s'est mis à rigoler, et il a dit qu'il avait été sous-officier et qu'il nous apprendrait la discipline et à marcher au pas. « Vous ne les reconnaîtrez pas quand j'aurai fini, monsieur le Directeur », a dit le Bouillon. « Puissiez-vous dire vrai », a répondu le directeur, qui a fait un gros soupir et qui est parti.

« Bon, nous a dit le Bouillon. Pour former le défilé, il faut un homme de base. L'homme de base se tient au garde-à-vous, et tout le monde s'aligne sur lui. D'habitude, on choisit le plus grand. Compris ? » Et puis, il a regardé, il a montré du doigt Maixent, et il a dit : « Vous, vous serez l'homme de base. » Alors Eudes a dit : « Ben non, c'est pas le plus grand, il a l'air comme ça, parce qu'il a des jambes terribles, mais moi je suis plus grand que lui. » « Tu rigoles, a dit Maixent, non seulement je suis plus grand que toi, mais ma tante Alberte, qui est venue hier en visite à la maison, a dit que j'avais encore grandi. Je pousse tout le temps. » « Tu veux parier ? » a demandé Eudes, et comme Maixent voulait bien, ils se sont mis dos à dos, mais on n'a jamais su qui avait gagné, parce que le Bouillon s'est mis à crier et il a dit qu'on se mette en rang par trois, n'importe comment, et ça, ça a pris pas mal de temps. Et puis, quand on a été en rang, le Bouillon s'est mis devant nous, il a fermé un œil, et puis il a fait des gestes de la main et il a dit « Vous ! Un peu à gauche. Nicolas, à droite, vous dépassez vers la gauche, aussi. Vous ! Vous dépassez vers la droite ! » Là où on a rigolé, c'est avec Alceste parce qu'il est très gros et il dépassait des deux côtés. Quand le Bouillon a eu fini, il avait l'air content, il s'est frotté les mains, et puis, il nous a tourné le dos et il a crié : « Section ! A mon commandement... » « C'est quoi, une gerbe, m'sieur ? a demandé Rufus, le directeur a dit qu'on allait en déposer une devant le monument. » « C'est un bouquet » a dit Agnan. Il est fou Agnan, il croit qu'il peut dire n'importe quoi, parce qu'il

107

est le premier de la classe et le chouchou de la maîtresse. « Silence dans les rangs ! a crié le Bouillon. Section, à mon commandement, en avant... » « M'sieur, a crié Maixent, Eudes se met sur la pointe des pieds pour avoir l'air plus grand que moi. Il triche ! » « Sale cafard », a dit Eudes et il a donné un coup de poing sur le nez de Maixent, qui a donné un coup de pied à Eudes, et on s'est mis tous autour pour les regarder, parce que quand Eudes et Maixent se battent, ils sont terribles, c'est les plus forts de la classe, à la récré. Le Bouillon est arrivé en criant, il a séparé Eudes et Maixent et il leur a donné une retenue à chacun. « Ça, c'est le bouquet ! » a dit Maixent. « C'est la gerbe, comme dit Agnan » a dit Clotaire, et il s'est mis à rigoler et le Bouillon lui a donné une retenue pour jeudi. Bien sûr, le Bouillon ne pouvait pas savoir que Clotaire était déjà pris, ce jeudi.

Le Bouillon s'est passé la main sur la figure, et puis il nous a remis en rang, et ça, il faut dire que ça n'a pas été facile, parce que nous remuons beaucoup. Et puis, le Bouillon nous a regardés longtemps, longtemps, et nous on a vu que ce n'était pas le moment de faire les guignols. Et puis, le Bouillon a reculé et il a marché sur Joachim, qui arrivait derrière lui. « Faites attention » ! a dit Joachim. Le Bouillon est devenu tout rouge et il a crié : « D'où sortez-vous ? » « Je suis allé boire un verre d'eau pendant que Maixent et Eudes se battaient. Je croyais qu'ils en avaient pour plus longtemps », a expliqué Joachim, et le Bouillon lui a donné une retenue et lui a dit de se mettre en rang.

« Regardez-moi bien dans les yeux, a dit le Bouillon. Le premier qui fait un geste, qui dit un mot, qui bouge, je le fais renvoyer de l'école ! Compris ? » Et puis le Bouillon s'est retourné, il a levé un bras, et il a crié : « Section, à mon commandement ! En avant... Marche ! » Et le Bouillon a fait quelques pas, tout raide, et puis il a regardé derrière lui, et quand il a vu que nous étions toujours à la même place, j'ai cru qu'il devenait fou, comme M. Blédurt, un voisin, quand papa l'a arrosé avec le tuyau par-dessus la haie, dimanche dernier. « Pourquoi n'avez-vous pas obéi ? » a demandé le Bouillon. « Ben quoi, a dit Geoffroy, vous nous avez dit de ne pas bouger. » Alors, le Bouillon, ça a été terrible. « Vous ferai passer le goût du pain, moi ! Vous flanquerai huit dont quatre ! Graines de bagne ! Cosaques ! » il a crié et plusieurs d'entre nous se sont mis à pleurer et le directeur est venu en courant.

« Monsieur Dubon, a dit le directeur, je vous ai entendu de mon bureau. Croyez-vous que ce soit la façon de parler à de jeunes enfants ? Vous n'êtes plus dans l'armée, maintenant. » « L'armée ? a crié le Bouillon. J'étais sergent-chef de tirailleurs, eh bien, des enfants de chœur, les tirailleurs, parfaitement, c'étaient des enfants de chœur, comparés à cette troupe ! » Et le Bouillon est parti en faisant des tas de gestes, suivi du directeur qui lui disait : « Allons, Dubon, mon ami, allons, du calme ! »

L'inauguration de la statue, c'était très chouette, mais le directeur avait changé d'avis et nous on n'a pas défilé, on était assis sur des gradins, derrière les soldats. Ce qui est dommage, c'est que le Bouillon n'était pas là. Il paraît qu'il est parti se reposer quinze jours chez sa famille, en Ardèche.

Les boy-scouts

Les copains, on s'est cotisés pour acheter un cadeau à la maîtresse, parce que, demain, ça va être sa fête. D'abord, on a compté les sous. C'est Agnan, qui est le premier en arithmétique, qui a fait l'addition. On était contents, parce que Geoffroy avait apporté un gros billet de 5 000 vieux francs ; c'est son papa qui le lui a donné ; son papa est très riche, et il lui donne tout ce qu'il veut.

« Nous avons 5 207 francs, nous a dit Agnan. Avec ça, on va pouvoir acheter un beau cadeau. »

L'ennui, c'est qu'on ne savait pas quoi acheter. « On devrait offrir une boîte de bonbons ou des tas de petits pains au chocolat », a dit Alceste, un gros copain qui mange tout le temps. Mais nous, on n'était pas d'accord, parce que si on achète quelque chose de bon à manger, on voudra tous y goûter et il n'en restera rien pour la maîtresse. « Mon papa à acheté un manteau en fourrure à ma maman, et ma maman était drôlement contente », nous a dit Geoffroy. Ça paraissait une bonne idée, mais Geoffroy nous a dit que ça devait coûter plus que 5 207 francs, parce que sa maman était vraiment très, très contente. « Et si on lui achetait un livre ? » a demandé Agnan. Ça nous a tous fait rigoler ; il est fou, Agnan ! « Un stylo ? » a dit Eudes ; mais Clotaire s'est fâché. Clotaire, c'est le dernier de la classe, et il a dit que ça lui ferait mal que la maîtresse lui mette de mauvaises notes avec un stylo qu'il lui aurait payé. « Tout près de chez moi, a dit Rufus, il y a un magasin où on vend des cadeaux. Ils ont des choses terribles ; là, on trouverait sûrement ce qu'il nous faut. » Ça, c'était une bonne idée, et on a décidé d'aller au magasin tous ensemble, à la sortie de la classe.

Quand on est arrivés devant le magasin, on s'est mis à regarder dans la vitrine, et c'était formidable. Il y avait des tas de cadeaux terribles : des petites statues, des saladiers en verre avec des plis, des carafes comme celle dont on ne se sert jamais à la maison, des tas de fourchettes et de couteaux, et même des pendules. Ce qu'il y avait de plus beau, c'étaient les statues. Il y en avait une avec un monsieur en slip qui essayait d'arrêter deux chevaux pas contents ; une autre avec une dame qui tirait à l'arc ; il n'y avait pas de corde à l'arc, mais c'était si bien fait qu'on aurait pu croire qu'il y en avait une. Cette statue allait bien avec celle d'un lion qui avait une flèche dans le dos et qui traînait ses pattes de derrière. Il y avait aussi deux tigres, tout noirs, qui marchaient en faisant des grands pas, et des boy-scouts et des petits chiens et des éléphants et un monsieur, dans le magasin, qui nous regardait et qui avait l'air méfiant.

Quand nous sommes entrés dans le magasin, le monsieur est venu vers nous, en faisant des tas de gestes avec les mains.

— Allons, allons, il nous a dit, dehors ! Ce n'est pas un endroit pour s'amuser, ici !

— On n'est pas venus pour rigoler, a dit Alceste ; on est venus pour acheter un cadeau.

— Un cadeau pour la maîtresse, j'ai dit.

— On a des sous, a dit Geoffroy.

Et Agnan a sorti les 5 207 francs de sa poche, et il les a mis sous le nez du monsieur, qui a dit :

— Bon, ça va ; mais qu'on ne touche à rien.

— C'est combien, ça ? a demandé Clotaire, en prenant deux chevaux sur le comptoir.

— Attention ! Lâche ça. C'est fragile ! a crié le monsieur, qui avait drôlement raison de se méfier, parce que Clotaire est très maladroit et casse tout. Clotaire s'est vexé et il a remis la statue à sa place, et le monsieur a eu juste le temps de rattraper un éléphant que Clotaire avait poussé avec le coude.

Nous, on regardait partout, et le monsieur courait dans le magasin en criant : « Non, non, ne touchez pas ! Ça casse ! » Moi, il me faisait

Sempé

de la peine, le monsieur. Ça doit être énervant de travailler dans un magasin où tout casse. Et puis, le monsieur nous a demandé de nous tenir tous en groupe au milieu du magasin, les bras derrière le dos, et de lui dire ce qu'on voulait acheter.

« Qu'est-ce qu'on pourrait avoir de chouette pour 5 207 francs ? » a demandé Joachim. Le monsieur a regardé autour de lui, et puis il a sorti d'une vitrine deux boy-scouts peints, on aurait dit qu'ils étaient vrais. Je n'avais rien vu d'aussi beau, même à la foire, au stand de tir.

« Vous pourriez avoir ceci pour 5 000 francs, a dit le monsieur.

— C'est moins que ce que nous pensions mettre, a dit Agnan.

— Moi, a dit Clotaire, j'aime mieux les chevaux. »

Et Clotaire allait reprendre les chevaux sur le comptoir ; mais le monsieur les a pris avant lui, et il les a gardés dans ses bras.

« Bon, il a dit le monsieur, vous les prenez, les boy-scouts, oui ou non ? » Comme il n'avait pas l'air de rigoler, nous avons dit d'accord. Agnan lui a donné les 5 000 francs, et nous sommes sortis avec les boy-scouts.

Dans la rue, on a commencé à discuter pour savoir qui allait garder le cadeau jusqu'à demain pour le donner à la maîtresse.

« Ce sera moi, a dit Geoffroy, c'est moi qui ai mis le plus d'argent.

— Je suis le premier de la classe, a dit Agnan, c'est moi qui donnerai le cadeau à la maîtresse.

— Tu n'es qu'un chouchou », a dit Rufus.

Agnan s'est mis à pleurer et à dire qu'il était très malheureux, mais il ne s'est pas roulé par terre, comme il le fait d'habitude, parce qu'il tenait les boy-scouts dans les mains et il ne voulait pas les casser. Pendant que Rufus, Eudes, Geoffroy et Joachim se battaient, moi j'ai eu l'idée de jouer à pile ou face pour savoir qui allait donner le cadeau. Ça a pris pas mal de temps, et on a perdu deux monnaies dans l'égout, et puis c'est Clotaire qui a gagné. Nous, on était très embêtés, parce qu'on avait peur qu'avec Clotaire, qui casse tout, le cadeau n'arrive pas jusqu'à la maîtresse. On a donné les deux boy-scouts à Clotaire, et Eudes lui a dit que, s'il les cassait, il lui donnerait des tas de coups de poing sur le nez. Clotaire a dit qu'il ferait attention, et il est parti chez lui en portant le cadeau, en marchant tout doucement et en tirant la langue. Nous, avec les 205 francs qui nous restaient, on a acheté des tas de petits pains au chocolat et on n'a pas eu faim pour dîner, et nos papas et nos mamans ont cru que nous étions malades.

Le lendemain, on est tous arrivés très inquiets à l'école, mais on a été contents quand on a vu Clotaire avec les boy-scouts dans les bras. « J'ai pas dormi cette nuit, nous a dit

Clotaire ; j'avais peur que la statue ne tombe de la table de nuit. »

En classe, je regardais Clotaire, qui surveillait le cadeau, qu'il avait mis sous son pupitre. J'étais drôlement jaloux, parce que, quand Clotaire lui donnerait le cadeau, la maîtresse serait contente et elle l'embrasserait, et Clotaire deviendrait tout rouge, parce qu'elle est très jolie, la maîtresse, quand elle est contente, presque aussi jolie que ma maman.

« Que caches-tu sous ton pupitre, Clotaire ? » a demandé la maîtresse. Et puis elle s'est approchée du banc de Clotaire, l'air fâché. « Allons, a dit la maîtresse, donne ! » Clotaire lui a donné le cadeau, la maîtresse l'a regardé et elle a dit : « Je vous ai déjà interdit d'apporter des horreurs à l'école ! Je confisque ceci jusqu'à la fin de la classe, et tu auras une punition ! »

Et puis, quand on a voulu se faire rembourser, on n'a pas pu, parce que, devant le magasin, Clotaire a glissé et les boy-scouts se sont cassés.

Le bras de Clotaire

Clotaire, chez lui, a marché sur son petit camion rouge, il est tombé et il s'est cassé le bras. Nous, ça nous a fait beaucoup de peine parce que Clotaire c'est un copain et aussi parce que le petit camion rouge, je le connaissais : il était chouette, avec des phares qui s'allumaient, et je crois qu'après que Clotaire lui a marché dessus, on ne pourra pas l'arranger.

On a voulu aller le visiter chez lui, Clotaire, mais sa maman n'a pas voulu nous laisser entrer. On lui a dit qu'on était des copains et qu'on connaissait bien Clotaire, mais la maman nous a dit que Clotaire avait besoin de repos et qu'elle nous connaissait bien, elle aussi.

C'est pour ça qu'on a été drôlement contents quand on a vu arriver Clotaire en classe, aujourd'hui. Il avait le bras retenu par une sorte de serviette qui lui passait autour du cou, comme dans les films quand le jeune homme est blessé, parce que dans les films, le jeune homme est toujours blessé au bras ou à

119

l'épaule et les comiques qui jouent le jeune homme dans les films devraient déjà le savoir et se méfier. Comme la classe était commencée depuis une demi-heure, Clotaire est allé s'excuser devant la maîtresse, mais au lieu de le gronder la maîtresse a dit : « Je suis très contente de te revoir, Clotaire. Tu as beaucoup de courage de venir en classe avec un bras dans le plâtre. J'espère que tu ne souffres plus. » Clotaire a ouvert des yeux tout grands : comme il est le dernier de la classe, il n'est pas habitué à ce que la maîtresse lui parle comme ça, surtout quand il arrive en retard. Clotaire est resté là, la bouche ouverte, et la maîtresse lui a dit : « Va t'asseoir à ta place, mon petit. »

Quand Clotaire s'est assis, on a commencé à lui poser des tas de questions : on lui a demandé si ça lui faisait mal, et qu'est-ce que c'était que ce truc dur qu'il avait autour du bras et on lui a dit qu'on était drôlement contents de le revoir ; mais la maîtresse s'est mise à crier que nous devions laisser notre camarade tranquille et qu'elle ne voulait pas que nous prenions ce prétexte pour nous dissiper. « Ben quoi, a dit Geoffroy, si on ne peut plus parler aux copains, maintenant... » et la maîtresse l'a mis au piquet et Clotaire s'est mis à rigoler.

« Nous allons faire une dictée », a dit la maîtresse. Nous avons pris nos cahiers et Clotaire a essayé de sortir le sien de son cartable avec une seule main. « Je vais t'aider », a dit Joachim, qui était assis à côté de lui. « On ne t'a pas sonné », a répondu Clotaire. La maîtresse a regardé du côté de Clotaire et elle lui a dit : « Non, mon petit, pas toi, bien sûr ; repose-toi. » Clotaire s'est arrêté de chercher dans son cartable et il a fait une tête triste, comme si ça lui faisait de la peine de ne pas faire de dictée. La dictée était terrible, avec des tas de mots comme « chrysanthème », où on a tous fait des fautes, et « dicotylédone » et le seul qui l'a bien écrit c'est Agnan, qui est le premier de la classe et le chouchou de la maîtresse. Chaque fois qu'il y avait un mot difficile, moi je regardais Clotaire et il rigolait.

Et puis, la cloche de la récré a sonné. Le premier qui s'est levé, ça a été Clotaire. « Il

vaudrait peut-être mieux, a dit la maîtresse, que tu ne descendes pas dans la cour avec ton bras. » Clotaire a fait la même tête que pour la dictée, mais en plus embêté. « Le docteur a dit qu'il me fallait prendre de l'air, a dit Clotaire, sinon, ça pourrait être drôlement grave. » La maîtresse a dit que bon, mais qu'il fallait faire attention. Et elle a fait sortir Clotaire le premier, pour que nous ne puissions pas le bousculer dans l'escalier. Avant de nous laisser descendre dans la cour, la maîtresse nous a fait des tas de recommandations : elle nous a dit que nous devions être prudents et ne pas jouer à des jeux brutaux et aussi que nous devions protéger Clotaire pour qu'il ne se fasse pas mal. On a perdu des tas de minutes de la récré, comme ça. Quand on est enfin descendus dans la cour, nous avons cherché Clotaire : il était en train de jouer à saute-mouton avec les élèves d'une autre classe, qui sont tous très bêtes et que nous n'aimons pas.

On s'est tous mis autour de Clotaire et on lui a posé des tas de questions. Il avait l'air tout fier, Clotaire, qu'on soit si intéressés. On lui a demandé si son petit camion rouge était cassé. Il nous a dit que oui, mais qu'on lui avait donné des tas de cadeaux pour le consoler pendant qu'il était malade : il avait eu un voilier, un jeu de dames, deux autos, un train et des tas de livres qu'il échangerait contre d'autres jouets. Et puis il nous a dit que tout le monde avait été drôlement gentil avec lui : le docteur lui apportait chaque fois des bonbons, son papa et sa maman avaient mis la télé dans sa chambre et on lui donnait des tas de bonnes choses à manger. Quand on parle de manger, ça donne faim à Alceste, qui est un copain qui mange tout le temps. Il a sorti de sa poche un gros morceau de chocolat et il a commencé à mordre dedans. « Tu m'en donnes un bout ? » a demandé Clotaire. « Non », a répondu Alceste. « Mais mon bras ?... », a demandé Clotaire. « Mon œil », a répondu Alceste. Ça, ça ne lui a pas plu à Clotaire, qui s'est mis à crier qu'on profitait de lui parce qu'il avait un bras cassé et qu'on ne le traiterait pas comme ça s'il pouvait donner des coups de poing, comme tout le monde. Il criait tellement, Clotaire, que le surveillant est venu en courant. « Qu'est-ce qui se passe ici ? » il a demandé, le surveillant. « Il profite parce que j'ai le bras cassé », a dit Clotaire en montrant Alceste du doigt. Alceste était rudement pas content ; il a essayé de le dire, mais avec la bouche pleine, il a envoyé du chocolat partout et on n'a rien compris à ce qu'il a dit. « Vous n'avez pas honte ? a dit le surveillant à Alceste, profiter d'un camarade physiquement diminué ? Au piquet !

— C'est ça ! a dit Clotaire.

— Alors, a dit Alceste, qui a fini par avaler son chocolat, s'il se casse un bras en faisant le guignol, il faut que je lui donne à manger ?

— C'est vrai, a dit Geoffroy, chaque fois qu'on lui parle, on va au piquet ; il nous embête, à la fin, avec son bras ! »

Le surveillant nous a regardés avec des yeux très tristes et puis il nous a parlé avec une voix douce, douce, comme quand Papa explique à Maman qu'il doit aller à la réunion des anciens de son régiment. « Vous n'avez pas de cœur, il nous a dit, le surveillant. Je sais que vous êtes

124

encore bien jeunes, mais votre attitude me fait beaucoup de peine. » Il s'est arrêté, le surveillant, et puis il a crié : « Au piquet ! Tous ! »

On a dû tous aller au piquet, même Agnan ; c'est la première fois qu'il y va et il ne savait pas comment faire et on lui a montré. On était tous au piquet, sauf Clotaire, bien sûr. Le surveillant lui a caressé la tête, il lui a demandé si son bras lui faisait mal ; Clotaire a dit que oui, assez, et puis le surveillant est allé s'occuper d'un grand qui frappait un autre grand avec un petit. Clotaire nous a regardés un moment en rigolant et puis il est allé continuer sa partie de saute-mouton.

Je n'étais pas content, quand je suis arrivé à la maison. Papa, qui était là, m'a demandé ce que j'avais. Alors, j'ai crié : « C'est pas juste ! Pourquoi je ne peux jamais me casser le bras, moi ? »

Papa m'a regardé avec des yeux tout ronds et moi je suis monté dans ma chambre pour bouder.

On a fait un test

Ce matin, on ne va pas à l'école, mais ce n'est pas chouette, parce qu'on doit aller au dispensaire se faire examiner, pour voir si on n'est pas malades et si on n'est pas fous. En classe, on nous avait donné à chacun un papier que nous devions apporter à nos papas et à nos mamans, expliquant qu'on devait aller au dispensaire, avec nos certificats de vaccin, nos mamans et nos carnets scolaires. La maîtresse nous a dit qu'on nous ferait passer un « test ». Un test, c'est quand on vous fait faire des petits dessins pour voir si vous n'êtes pas fous.

Quand je suis arrivé au dispensaire avec ma maman, Rufus, Geoffroy, Eudes, Alceste étaient déjà là, et ils ne rigolaient pas. Il faut dire que les maisons des docteurs, moi, ça m'a toujours fait peur. C'est tout blanc et ça sent les médicaments. Les copains étaient là avec leurs mamans, sauf Geoffroy, qui a un papa très riche, et qui est venu avec Albert, le chauffeur de son papa. Et puis, Clotaire, Maixent, Joachim et Agnan sont arrivés avec leurs mamans, et Agnan il faisait un drôle de bruit en pleurant. Une dame très gentille, habillée en blanc, a appelé les mamans et elle leur a pris les certificats de vaccin, et elle a dit que le docteur nous recevrait bientôt, qu'on ne s'impatiente pas. Nous, on n'était pas du tout impatients. Les mamans ont commencé à parler entre elles et à nous passer la main sur les cheveux en disant qu'on était drôlement mignons. Le chauffeur de Geoffroy est sorti frotter sa grosse voiture noire.

— Le mien, disait la maman de Rufus, j'ai toutes les peines du monde à le faire manger ; il est très nerveux.

— Ce n'est pas comme le mien, a dit la maman d'Alceste, c'est quand il ne mange pas qu'il est nerveux.

— Moi, disait la maman de Clotaire, je trouve qu'on les fait trop travailler à l'école. C'est de la folie ; le mien ne peut pas suivre. De mon temps...

— Oh ! je ne sais pas, a dit la maman d'Agnan, le mien, chère madame, a beaucoup de facilité ; ça dépend des enfants, bien sûr. Agnan, si tu ne cesses pas de pleurer, tu auras une fessée devant tout le monde !

— Il a peut-être de la facilité, chère madame, a répondu la maman de Clotaire, mais il semble que le pauvre petit n'est pas très équilibré, non ?

La maman d'Agnan, ça ne lui a pas plu ce

qu'avait dit la maman de Clotaire, mais avant qu'elle puisse répondre, la dame en blanc est venue, elle a dit qu'on allait commencer et qu'on nous déshabille. Alors, Agnan a été malade. La maman d'Agnan s'est mise à crier, la maman de Clotaire a rigolé et le docteur est arrivé.

— Qu'est-ce qui se passe ? a dit le docteur. Ces matinées d'examen scolaire, c'est toujours effroyable ! Du calme, les enfants, ou je vous ferai punir par vos professeurs. Déshabillez-vous, et en vitesse !

On s'est déshabillés, et ça faisait un drôle d'effet d'être là tout nus devant tout le monde. Chaque maman regardait les copains des autres mamans, et toutes les mamans faisaient la tête que fait Maman quand elle va acheter du poisson et elle dit au marchand que ce n'est pas frais.

— Bien, les enfants, a dit la dame en blanc, passez dans la pièce à côté ; le docteur va vous examiner.

— Je ne veux pas quitter ma maman ! a crié Agnan, qui n'était plus habillé qu'avec ses lunettes.

— Bon, a dit la dame en blanc. Madame, vous pouvez entrer avec lui, mais essayez de le calmer.

— Ah ! pardon ! a dit la maman de Clotaire, si cette dame peut entrer avec son fils, je ne vois pas pourquoi je ne pourrais pas entrer avec le mien !

— Et moi, je veux qu'Albert vienne aussi ! a crié Geoffroy.

— Toi, t'es un dingue ! a dit Eudes.

— Répète un peu, a dit Geoffroy ; et Eudes lui a donné un coup de poing sur le nez.

— Albert ! a crié Geoffroy, et le chauffeur est arrivé en courant, en même temps que le docteur.

— C'est incroyable ! a dit le docteur. Ça fait cinq minutes, il y en avait un qui était malade, maintenant il y en a un qui saigne du nez ; ce n'est pas un dispensaire, c'est un champ de bataille !

— Ouais, a dit Albert, je suis responsable de cet enfant, au même titre que de la voiture. J'aimerais les ramener tous les deux au patron sans égratignures. Compris ?

Le docteur a regardé Albert, il a ouvert la bouche, il l'a refermée et il nous a fait entrer dans son bureau, avec la maman d'Agnan.

Le docteur a commencé par nous peser.

— Allez, a dit le docteur, toi d'abord ; et il a montré Alceste, qui a demandé qu'on lui laisse finir son petit pain au chocolat, puisqu'il n'avait plus de poches où le mettre. Le docteur a poussé un soupir, et puis il m'a fait monter sur la balance et il a grondé Joachim qui mettait le pied pour que j'aie l'air d'être plus lourd. Agnan ne voulait pas se peser, mais sa maman lui a promis des tas de cadeaux, alors Agnan y est allé en tremblant drôlement, et quand ça a été fini, il s'est jeté dans les bras de sa maman en pleurant. Rufus et Clotaire ont voulu se peser ensemble pour rigoler, et pendant que le docteur était occupé à les gronder, Geoffroy a donné un coup de pied à Eudes pour se venger du coup de poing sur le nez. Le docteur s'est mis en colère, il a dit qu'il en avait assez, que si nous continuions à faire les guignols, il nous purgerait tous et qu'il aurait dû devenir avocat comme son père le lui conseillait. Après, le docteur nous a fait tirer la langue, il nous a écoutés dans la poitrine avec un appareil, et il nous a fait tousser et il a grondé Alceste à cause des miettes.

Ensuite, le docteur nous a fait asseoir à une table, il nous a donné du papier et des crayons et il nous a dit :

— Mes enfants, dessinez ce qui vous passe par la tête, et je vous préviens, le premier qui fera le singe recevra une fessée dont il se souviendra !

— Essayez et j'appelle Albert ! a crié Geoffroy.

— Dessine ! a crié le docteur.

On s'est mis au travail. Moi, j'ai dessiné un gâteau au chocolat ; Alceste, un cassoulet toulousain. C'est lui qui me l'a dit, parce qu'on ne reconnaissait pas du premier coup. Agnan, il a dessiné la carte de France avec les départements et les chefs-lieux ; Eudes et Maixent ont dessiné un cow-boy à cheval ; Geoffroy a dessiné un château avec des tas d'autos autour et il a écrit : « Ma maison » ; Clotaire n'a rien dessiné du tout parce qu'il a dit qu'il n'avait pas été prévenu et qu'il n'avait rien préparé. Rufus, lui, il a dessiné Agnan tout nu et il a écrit : « Agnan est un chouchou ». Agnan l'a vu et il s'est mis à pleurer et Eudes a crié : « M'sieur ! Maixent a copié ! » C'était chouette, on parlait, on rigolait, Agnan pleurait, Eudes et Maixent se battaient, et puis les mamans sont venues avec Albert.

Quand nous sommes partis, le docteur était assis au bout de la table, sans rien dire et en faisant de gros soupirs. La dame en blanc lui apportait un verre d'eau et des pilules, et le docteur dessinait des revolvers.

Il est fou, le docteur !

La distribution des prix

Le directeur a dit qu'il nous voyait partir avec des tas d'émotions et qu'il était sûr qu'on partageait les émotions avec lui et qu'il nous souhaitait drôlement du plaisir pour les vacances, parce qu'à la rentrée ce ne serait plus le moment de rigoler, qu'il faudrait se mettre au travail, et la distribution des prix s'est terminée.

Ça a été une chouette distribution des prix. On était arrivés le matin à l'école, avec nos papas et nos mamans qui nous avaient habillés comme des guignols. On avait des costumes bleus, des chemises blanches en tissu qui brille comme la cravate rouge et verte de Papa que Maman a achetée à Papa et que Papa ne porte pas pour ne pas la salir. Agnan — il est fou, Agnan — il portait des gants blancs et ça nous a fait tous rigoler, tous sauf Rufus qui nous a dit que son papa, qui est agent de police, en porte souvent, des gants blancs, et que ça n'a rien de drôle. On avait aussi les cheveux collés sur la tête — moi j'ai un épi — et puis les oreilles propres et les ongles coupés. On était terribles.

La distribution des prix, on l'avait attendue avec impatience, les copains et moi. Pas tellement à cause des prix ; là, on était plutôt inquiets, mais surtout parce qu'après la distribution des prix, on ne va plus à l'école et c'est les vacances. Depuis des jours et des jours, à la maison, je demande à Papa si c'est bientôt les vacances et si je dois rester jusqu'au dernier jour à l'école parce que j'ai des copains qui sont déjà partis et que c'est pas juste et que, de toute façon on ne fait plus rien à l'école et que je suis très fatigué, et je pleure et Papa me dit de me taire et que je vais le rendre fou.

Des prix, il y en a eu pour tout le monde. Agnan, qui est le premier de la classe et le chouchou de la maîtresse, il a eu le prix d'arithmétique, le prix d'histoire, le prix de géographie, le prix de grammaire, le prix d'orthographe, le prix de sciences et le prix de conduite. Il est fou Agnan. Eudes, qui est très fort et qui aime bien donner des coups de poing sur le nez des copains, il a eu le prix de gymnastique. Alceste, un gros copain qui mange tout le temps, a eu le prix d'assiduité ; ça veut dire qu'il vient tout le temps à l'école et il le mérite, ce prix, parce que sa maman ne veut pas de lui dans la cuisine et si ce n'est pas pour rester dans la cuisine, Alceste aime autant venir à l'école. Geoffroy, celui qui a un papa très riche

qui lui achète tout ce qu'il veut, a eu le prix de bonne tenue, parce qu'il est toujours très bien habillé. Il y a des fois où il est arrivé en classe habillé en cow-boy, en Martien ou en Mousquetaire et il était vraiment chouette. Rufus a eu le prix de dessin parce qu'il a eu une grosse boîte de crayons de couleur pour son anniversaire. Clotaire, qui est le dernier de la classe, a eu le prix de la camaraderie et moi j'ai eu le prix d'éloquence. Mon papa était très content, mais il a eu l'air un peu déçu quand la maî-

tresse lui a expliqué que ce qu'on récompensait chez moi, ce n'était pas la qualité, mais la quantité. Il faudra que je demande à Papa ce que ça veut dire.

La maîtresse aussi a eu des prix. Chacun de nous lui a apporté un cadeau que nos papas et nos mamans ont acheté. Elle a eu quatorze stylos et huit poudriers, la maîtresse. Elle était drôlement contente ; elle a dit qu'elle n'en avait jamais eu autant, même les autres années. Et puis, la maîtresse nous a embrassés, elle a dit qu'on devait bien faire nos devoirs de vacances, être sages, obéir à nos papas et à nos mamans, nous reposer, lui envoyer des cartes postales et elle est partie. Nous sommes tous sortis de l'école et sur le trottoir les papas et les mamans ont commencé à parler entre eux. Ils disaient des tas de choses comme : « Le vôtre a bien travaillé » et « Le mien, il a été malade » et aussi « Le nôtre est paresseux, c'est dommage, parce qu'il a beaucoup de facilité », et puis « Moi, quand j'avais l'âge de ce petit crétin, j'étais tout le temps premier, mais maintenant, les enfants ne veulent plus s'intéresser aux études, c'est à cause de la télévision ». Et puis, ils nous caressaient, ils nous donnaient des petites tapes sur la tête et ils s'essuyaient les mains à cause de la brillantine.

Tout le monde regardait Agnan, qui portait des tas de livres de prix dans ses bras et une couronne de lauriers autour de la tête ; le

136

directeur lui avait d'ailleurs demandé de ne pas s'endormir dessus, sans doute parce que les lauriers doivent servir pour l'année prochaine et il ne faut pas les chiffonner ; c'est un peu comme quand Maman me demande de ne pas marcher sur les bégonias. Le papa de Geoffroy offrait des gros cigares à tous les autres papas qui les gardaient pour plus tard et les mamans rigolaient beaucoup en racontant des choses que nous avions faites pendant l'année et ça nous a étonnés, parce que quand nous les avons faites, ces choses, les mamans elles ne rigolaient pas du tout, même qu'elles nous ont donné des claques.

Les copains et moi, on parlait des choses terribles qu'on allait faire en vacances et ça s'est gâté quand Clotaire nous a dit qu'il sauverait des gens qui se noyaient, comme il l'avait fait l'année dernière. Moi je lui ai dit qu'il était un menteur, parce que je l'ai vu à la piscine, Clotaire : il ne sait pas nager et ça doit être difficile de sauver quelqu'un en faisant la planche. Alors, Clotaire m'a donné un coup sur la tête avec le livre qu'il avait eu pour son prix de camaraderie. Ça, ça a fait rigoler Rufus et je lui ai donné une claque et il s'est mis à pleurer et à donner des coups de pied à Eudes. On a commencé à se bousculer les uns les autres, on rigolait bien, mais les papas et les mamans sont venus en courant, ils prenaient des mains dans le tas, ils tiraient et ils disaient qu'on était incorrigibles et que c'était une honte. Et puis, les papas et les mamans ont pris chacun le copain qui leur appartenait et tout le monde est parti.

En allant à la maison, moi je me disais que c'était chouette, que l'école était finie, qu'il n'y aurait plus de leçons, plus de devoirs, plus de punitions, plus de récrés et que maintenant je n'allais plus voir mes copains pendant des tas de mois, qu'on allait plus faire les guignols ensemble et que j'allais me sentir drôlement seul.

— Alors, Nicolas, m'a dit Papa, tu ne dis rien ? Les voilà enfin arrivées, ces fameuses vacances !

Alors, moi je me suis mis à pleurer et Papa a dit que j'allais le rendre fou.

Sempé

Sempé / Goscinny

Les récrés
du petit Nicolas

Supplément réalisé par
Christian Biet,
Jean-Paul Brighelli,
Jean-Luc Rispail
et Marielle Rispail

Illustrations de Sempé

QUEL FOOTBALLEUR SERIEZ-VOUS DANS L'ÉQUIPE DE NICOLAS?

Pour le savoir, il vous suffit d'imaginer votre réaction dans des situations difficiles, voire délicates... Choisissez parmi les réponses qui vous sont proposées celles qui vous semblent le mieux correspondre à votre caractère. Comptez ensuite le nombre de ○, □ et △ obtenus et reportez-vous à la page des solutions.

1. *Votre meilleur ami ne peut pas vous accompagner en vacances, comme il l'avait promis :*
A. Vous invitez un autre ami □
B. Vous lui téléphonez pour essayer de le faire changer d'avis ○
C. Vous lui écrivez une lettre pour lui annoncer votre déception △

2. *Vous avez cassé le vase que vous vouliez offrir à votre mère le jour de son anniversaire :*
A. Vous vous asseyez pour réfléchir à la situation △
B. Vous allez acheter un autre cadeau □
C. Vous prenez vos crayons de couleur et faites un beau dessin ○

3. *Chez le dentiste :*
A. Vous tombez malade le jour du rendez-vous △
B. Vous vous débattez sur le fauteuil ○
C. Vous ouvrez la bouche gentiment et essayez de penser à autre chose □

4. *En classe, vous êtes accusé à tort de « faire du chahut » :*
A. Vous vous vengez sur-le-champ sur votre voisin ○
B. Vous dites que vous êtes innocent □
C. Vous contrôlez vos sentiments et décidez de ne pas y accorder d'importance △

5. *Vous devez aller au cinéma avec toute la classe et vous êtes malade :*
A. Vous décidez d'y aller coûte que coûte △
B. Vous prenez un médicament avant de sortir ○
C. Vous renoncez à la sortie et restez au lit □

6. *La visite au musée :*
A. Vous décidez de l'abréger en vous limitant à quelques salles □
B. Vous profitez de l'occasion pour « faire le guignol » ○
C. Vous regardez ce qui vous est montré en y cherchant un intérêt △

Solutions page 177

1
AU FIL DU TEXTE

Vingt questions pour commencer

Voyons si vous avez bien lu ces histoires. Connaissez-vous bien tous les personnages ? Avez-vous bien suivi le match de foot ? Répondez à ces questions mais soyez honnête, ne vous reportez pas au livre pour vous aider. Ensuite, vérifiez vos réponses à la page des solutions. Attention, le coup d'envoi est sifflé !

1. *Le vrai nom du surveillant est :*
A. Durand
B. Dubon
C. Dupont

2. *Le tonton de Nicolas s'appelle :*
A. Eustache
B. Ernest
C. Eugène

3. *Celui qui a donné un coup de poing sur le nez du tonton, c'est :*
A. Eudes
B. Agnan
C. Geoffroy

4. *Quand elle s'adresse aux élèves, la maîtresse leur dit :*
A. « Tu »
B. « Vous »
C. « Tu » ou « vous », suivant le cas

5. *Nicolas a reçu une montre de :*
A. Son tonton
B. Sa marraine
C. Sa mémé

6. *La montre de Nicolas a :*
A. Deux aiguilles
B. Trois aiguilles
C. Quatre aiguilles

7. *Clotaire ne veut pas qu'Alceste vende le journal parce que :*
A. Il n'est pas honnête
B. Il est trop timide
C. Il a les mains sales

8. *Le journal n'a pu se faire :*
A. Par manque de temps
B. Parce que les enfants se sont disputés
C. Parce qu'on leur a confisqué l'imprimerie

9. *Nicolas a cassé le vase :*
A. En le portant
B. En jouant à la balle
C. En courant

10. *Lorsqu'il l'avoue à son papa, celui-ci dit :*
A. « Tu seras puni »
B. « Tu aurais pu faire attention »
C. « C'est très bien, va jouer »

11. *A la récré, Nicolas doit se battre avec :*
A. Eudes
B. Agnan
C. Geoffroy

12. *Il doit se battre parce que :*
A. Son copain l'a bousculé
B. Il lui a pris son cahier
C. Il l'a traité de menteur

13. *Le papier sur la bagarre a été apporté à la maîtresse par :*
A. Maixent
B. Alceste
C. Agnan

14. *Un têtard est une larve qui devient :*
A. Une salamandre
B. Un poisson
C. Une grenouille

15. *Le deuxième cadeau que sa grand-mère fait à Nicolas est :*
A. Un appareil photo
B. Un livre
C. Une montre

16. *Pour la partie de foot, Alceste a apporté :*
A. Un ballon
B. Des chaussures
C. Un croissant

17. *En début de partie, le goal :*
A. Nicolas
B. Rufus
C. Alceste

18. *A la fin de la première mi-temps, l'arbitre :*
A. Tombe par terre
B. Avale le sifflet
C. Reçoit le ballon dans l'estomac

19. *Le coup de théâtre de la deuxième mi-temps, c'est :*
A. Une bagarre générale
B. Les pères qui remplacent les enfants
C. Le match qui s'arrête

20. *Le vainqueur du match est :*
A. L'équipe de Nicolas
B. L'équipe de l'autre école
C. L'équipe du père de Nicolas

Solutions page 177

ALCESTE A ÉTÉ RENVOYÉ

On demande un autre coupable

Alceste a été renvoyé ! Mais cette mésaventure aurait tout aussi bien pu arriver à Rufus, Clotaire ou l'un ou l'autre des copains de Nicolas. Si Alceste s'est mis en colère, c'est parce qu'il a été dérangé dans son occupation favorite : manger. Vous avez bien entendu remarqué que chacun de nos amis a un caractère qui lui est propre, et également des manies bien particulières...

Montrez que vous les connaissez en écrivant à votre tour une scène analogue, dans laquelle Alceste sera remplacé par l'un de ses copains. Pour vous aider, on pourrait par exemple imaginer qu'Eudes a cassé les lunettes d'Agnan. Sans lunettes, le chouchou de la maîtresse fait des fautes terribles dans sa dictée ! De colère, il se roule par terre, il crie ! Arrive le Bouillon...

Quand c'est fini, ça recommence !

1. Relisez le début et la fin de l'histoire d'Alceste. Pourquoi rions-nous ?

2. Ouvrez le livre au hasard. Choisissez une phrase ou une réplique qui vous plaît. Et à votre tour, inventez une petite histoire d'une dizaine ou d'une quinzaine de lignes, dont cette phrase pourrait constituer à la fois le début et la fin.

LE NEZ DE TONTON EUGÈNE

Drôle de drame !

Le nez de tonton Eugène provoque de vives réactions chez le Bouillon, la maîtresse, la maman de Nicolas. Relisez attentivement ces trois moments de l'histoire.
- Qu'est-ce qui suscite la colère du Bouillon ?
- Celle de la maîtresse ?
- Pourquoi la mère de Nicolas s'évanouit-elle ?

Observez l'attitude de Nicolas.
- Comprend-il ce qui lui arrive ?
- A-t-il eu l'intention de se moquer du surveillant ou de la maîtresse ?
- Quelle faute a-t-il commise ?

Son papa vous aidera peut-être à y voir plus clair !

Avez-vous du nez ?

Le mot nez est employé dans de nombreuses expressions de la langue française. En voici quelques-unes :

Se trouver nez à nez
Se casser le nez
Rire au nez
Fourrer son nez
Mener quelqu'un par le bout du nez
Avoir du nez

En connaissez-vous d'autres ?
- Sauriez-vous donner le sens de chacune d'elles ?
- Essayez de composer un petit texte dans lequel vous emploierez au moins trois de ces expressions.

LA MONTRE

Soyons précis

Dans cet épisode, Nicolas joue le rôle d'une véritable horloge parlante. Tous les événements qui surviennent au cours de la journée et de la nuit qui va suivre font effectivement l'objet d'un minutage diabolique ! A vous maintenant de jouer le rôle de Nicolas dans l'un des cas suivants.

1. En racontant un moment important de votre vie : « A 7 h 50 je descendais l'escalier, lorsque je m'aperçus que j'avais oublié mon cartable. A 7 h 52, je sonnais à la porte de la maison et... »

2. En imaginant que vous êtes un détective chargé de vérifier l'emploi du temps d'un témoin.

3. Vous avez rendez-vous avec un ami qui est en retard. En l'attendant, vous notez, montre en main, tout ce qui se passe autour de vous.

O temps, suspends ton vol !

1. Montres, chronomètres, clepsydres, pendules... sont autant d'instruments mesurant le temps. Pourriez-vous en citer d'autres, sans oublier de préciser leur époque ?

2. Vous savez que l'heure peut ne pas être la même d'un pays à un autre. Par exemple, lorsqu'il est midi à Paris, il est onze heures à Londres. En vous aidant d'un dictionnaire, vous trouverez facilement la réponse à cette question : quelle heure est-il à New York, Moscou, Abidjan, Buenos Aires et Pékin, lorsqu'il est midi à Paris ?

ON FAIT UN JOURNAL

Explorons le journal

1. Essayez de définir avec précision le mot « journal ». Votre définition correspond-elle à celle de Geoffroy ? (p. 36)

2. Connaissez-vous la différence entre :
- un quotidien
- un hebdomadaire
- un mensuel
- un trimestriel
- un catalogue annuel
- un almanach
- un journal intime

3. Connaissez-vous d'autres formes de publications ? Pourriez-vous citer des titres de la presse française leur correspondant ?

4. En feuilletant un journal, vous constatez qu'il se compose de différentes pages ayant pour sujets soit les faits divers, soit la politique, soit les informations pratiques, etc. Chacun de ces groupes d'articles constitue une « rubrique » et le titre d'une rubrique est souvent marqué en haut de la page.

a) En consultant plusieurs journaux, relevez le plus possible de rubriques différentes.

b) Pour chaque rubrique, résumez en une ou deux phrases le type d'informations qu'elle contient.

Faisons un journal

Dans votre classe, vous n'allez pas faire comme les copains de Nicolas, vous allez réaliser un vrai journal.
- Comment allez-vous l'appeler ? Choisissez un beau titre, bien à vous.
- Puis faites une liste des articles que vous aimeriez y voir et répartissez-les entre vous.
- Qui fera les dessins ?
Et maintenant au travail, c'est à vous d'écrire !

LE VASE ROSE DU SALON

Une comédie en trois actes

Les dessins des pages 42, 45, 49 illustrent les trois actes de la petite comédie que représente ce chapitre. Pouvez-vous trouver, dans le texte, une légende (soit une phrase du récit, soit une parole d'un personnage) qui corresponde à chacun d'eux ?

La vie de famille

La famille c'est papa, maman, Nicolas.
- Que fait le papa de Nicolas quand il rentre à la maison ?
- Que fait-il quand il n'est pas à la maison ?
- Quelles sont les occupations de la maman de Nicolas ?

A votre tour, présentez en quelques lignes, avec le ton de Nicolas (humoristique et gentil), une courte scène de votre vie de famille.

A LA RÉCRÉ, ON SE BAT

Qui a dit quoi ?

Voici un petit dialogue composé d'extraits de ce chapitre. Saurez-vous retrouver qui dit quoi, et à quel endroit ?

1. « T'as vu souvent des boxeurs qui se donnent des claques, imbécile ? »
2. « Mes claques valent bien tes coups de poing sur le nez. »
3. « Ne me fais pas rigoler, espèce de menteur. »
4. « Moi, je ne me bats pas si je n'ai pas un bon arbitre. »
5. « Moi, je serai l'arbitre »
6. « Ah ! non, pas toi ! Tu as cafardé ! »
7. « Toi, le gros, on t'a assez entendu ! »
8. « Répète un peu. »
9. « Mademoiselle, j'ai reçu un papier ! »
10. « Silence dans les rangs ! »
11. « Alceste, au tableau. »
12. « Et voilà, qu'est-ce que je disais ? »

Solutions page 178

KING

Telle mère, tel petit

Voici le nom de dix petits d'animaux. Pouvez-vous aider ces petits à retrouver leur maman ainsi que le cri qui leur correspond ?

PETIT	MAMAN	CRI
l'agneau	l'ânesse	hennit
le caneton	la laie	cancane
le faon	la chamelle	grommelle
le levraut	la tourterelle	grogne
le marcassin	la jument	râle
le poulain	la biche	roucoule
le goret	la hase	couine
le tourtereau	la cane	brait
l'ânon	la truie	blatère
le chamelon	la brebis	bêle

Solutions page 178

Rêvons un peu...

1. *Le jardin extraordinaire*
Décrivez au gré de votre fantaisie un jardin public extraordinaire où il vous serait permis de :
- marcher sur l'herbe
- patauger dans le bassin
- jardiner...

2. *Les mal-aimés*
Le têtard n'est pas ce qu'il est convenu d'appeler un animal de compagnie... Mais l'on serait étonné de connaître tous les animaux que l'homme a tenté d'apprivoiser... N'avez-vous jamais eu l'idée étrange, bizarre, saugrenue, d'adopter vous-même l'un de ces mal-aimés ?
- Dans un bref paragraphe, racontez votre tentative ou tout simplement votre rêve.

3. *Le têtard tombe à l'eau*
Vous aussi, il vous est sûrement arrivé de rêver une histoire, de vous en raconter tous les détails, d'y croire vraiment, et puis... de la voir détruite en quelques secondes. Souvenez-vous comme alors on tombe de haut.
- Racontez avec humour un de ces rêves ratés...

L'APPAREIL DE PHOTO

Si la photo est bonne...

La photographie permet de conserver des souvenirs merveilleux des personnes que l'on aime, de sa famille, de ses camarades de classe (plus tard de ceux du lycée et du régiment) et également des moments privilégiés de sa vie comme les vacances, la noce du grand frère, son propre anniversaire.

Que l'on soit ou non « photogénique » (pouvez-vous préciser le sens exact de ce mot ?), on est généralement content d'être photographié. C'est le cas des copains de Nicolas ; c'est aussi le cas du Bouillon et de la maman de Nicolas. Son papa se montre plus réticent :

- Savez-vous pourquoi ?
- Avez-vous compris le changement d'attitude chez la mère de Nicolas, « avant » et « après » la photo ?

La photo unique au monde

On vous a prêté un appareil photo magique, et une fée vous dit : « Tu vas faire la plus belle photo de ta vie, celle que tu veux. Mais, attention, choisis-la bien. Tu n'as le droit d'en faire qu'une seule. »

Réfléchissez bien, quelle photo prendrez-vous, et pourquoi ? Racontez...

De merveilleux souvenirs !

Voici une grille dans laquelle vous devez placer dix mots pris dans ce chapitre. Essayez de les retrouver à l'aide des définitions suivantes :

1. Ils seront merveilleux pour Nicolas mais pas pour sa maman
2. Il a fallu attendre plusieurs jours pour les voir
3. On ne s'en sert que la nuit
4. Le père de Nicolas va le faire développer
5. Comme un feu d'artifice
6. C'est parce que les photos le sont que la maman de Nicolas n'est pas très contente
7. Quand il en fait un, le Bouillon a l'air tout gentil
8. Elle peut être grande mais, dans ce cas, elle est toute petite
9. Quand on l'entend, la photo est déjà prise
10. D'après la définition de Geoffroy, c'est une combinaison du 3 et du 5

LE FOOTBALL

Papa n'a pas tout dit

De ces quelques répliques, lesquelles ne sont pas prononcées par le papa de Nicolas ?

1. « Fais-moi une passe, Kopa ! »
2. « Vous ne pouvez pas vous amuser gentiment ? »
3. « Alors, vous êtes d'accord pour jouer avec mon équipe, dimanche prochain ? »
4. « Non, monsieur, le terrain vague il est à nous. »
5. « On vous entend crier depuis la maison, bande de petits sauvages ! »
6. « Une passe ! Une passe ! »
7. « Eh bien ! Si vous n'avez pas peur, pourquoi ne jouez-vous pas ? »
8. « Moi je le verrais mieux comme arrière. »
9. « On a une équipe formidable ! »
10. « Qu'est-ce qu'on va vous mettre ! »

Solutions page 179

Do you speak english ?

1. Le mot football est anglais. Il désigne un jeu où l'on frappe la balle avec le pied *(foot)*.
- Connaissez-vous trois jeux où l'on frappe la balle avec la main ?

2. Il existe d'autres mots anglais dans *Les Récrés du petit Nicolas*. Pouvez-vous en faire la liste et donner leurs équivalents en français – ce qui n'est pas toujours facile ?

Combien sont-ils ?

L'équipe de Nicolas se compose de huit joueurs. Quel est le nombre de joueurs réglementaire dans une équipe de :

A. Football	E. Basket-ball
B. Rugby	F. Base-ball
C. Handball	G. Polo
D. Volley ball	H. Hockey sur glace

1re MI-TEMPS

On vous écoute !

A partir de la page 83, le récit n'est plus raconté par Nicolas mais rapporté par un journaliste de la radio.

- Imaginez que vous êtes le reporter de ce match. Pour cela, enregistrez si vous le pouvez, au magnétophone, le commentaire des pages 83 à 96 puis écoutez la bande ainsi réalisée.

- Votre ton est-il convaincant et pensez-vous avoir mérité comme Nicolas le prix d'éloquence ?

2e MI-TEMPS

Rubrique sportive

Vous devez remettre au journal local un article décrivant :

1. Le match de football qui s'est déroulé « hier après-midi, sur le terrain du terrain vague entre une équipe d'une autre école et une équipe entraînée par le père de Nicolas ».

2. Le match qui s'est déroulé la semaine suivante entre les amis de Nicolas et ceux de l'autre école.

Pour écrire votre article (une dizaine de lignes), aidez-vous des dessins de Sempé que vous trouverez dans les deux chapitres correspondant à la 1re et 2e mi-temps. Attention ! ne retenez du commentaire du livre que les informations essentielles.

LE MUSÉE DE PEINTURES

Au jardin des Muses

Saviez-vous qu'à l'origine, le musée désigne le temple des Muses ? Chez nos ancêtres, les Muses étaient des déesses dont la grâce et la beauté inspiraient les poètes et les musiciens. La musique est l'art des Muses par excellence. Essayez de trouver d'autres mots de la même famille, formés sur le radical *muse* et *amusez*-vous bien !

Solutions page 179

Silence ! On tourne...

Plusieurs petits incidents sont relatés au début de ce chapitre, un peu à la manière dont se succèdent les séquences d'un film.

Si vous deviez adapter au cinéma la scène du départ de Nicolas et de ses camarades, quels plans choisiriez-vous pour composer cette séquence ? Pour mettre au point votre « script », inscrivez à gauche sur une feuille le texte et à droite, en regard, les plans de votre choix. Par exemple le plan d'ensemble, ou le plan rapproché. Vous pouvez également utiliser :

- le plan moyen, qui montre les personnages en pied ;
- le plan américain, qui n'en montre que le buste ;
- le gros plan, qui met en avant un visage ou un détail.

Pour vous faciliter la tâche, voici la séquence, découpée en trois plans, du départ ; auriez-vous choisi le même découpage ?
- Adaptez à votre tour d'autres scènes du livre.

SÉQUENCE	PLAN
La classe traverse la rue sur le passage clouté : les élèves sont en rang par deux et se donnent la main. La maîtresse les suit, légèrement sur le côté. L'agent de police a la main gauche levée, son bâton pointé vers le ciel : il arrête le flot des voitures. De l'autre main, il fait signe aux enfants de passer.	- Plan d'ensemble de la classe qui traverse la rue. - Plan rapproché sur Alceste qui traverse les rangs en sens inverse. - Gros plan sur le visage crispé de la maîtresse qui crie : « Où vas-tu, Alceste ? Reviens ici tout de suite ! »

LE DÉFILÉ

Pas question de se défiler !

1. Il existe toutes sortes de défilés. Un défilé, c'est :
- Un couloir encaissé entre deux montagnes
- La manœuvre des troupes le 14 Juillet
- Une file ininterrompue de voitures
- Une foule de manifestants
- Une procession religieuse
- Un cortège de visiteurs
- Une présentation de modes
- Une retraite aux flambeaux

2. En vous aidant de ces définitions, retrouvez dans la colonne de droite les mots correspondant à ceux de la colonne de gauche.

QUI DÉFILE ?

A. Les mannequins
B. Les soldats
C. Les voitures
D. Les manifestants
E. La procession
F. Les sportifs
G. Les visiteurs
H. Les cow-boys

ET OÙ ?

1. Aux jeux Olympiques
2. A la télévision
3. A Notre-Dame de Paris
4. A la Bastille
5. Au Louvre
6. Aux 24 Heures du Mans
7. Sur les Champs-Élysées
8. Dans les Salons de la haute couture

Solutions page 179

LES BOY-SCOUTS

Une autre fin

Cette histoire finit en fait un peu tristement, non ? Pouvez-vous lui donner une autre fin, en changeant l'un de ses éléments ?
Par exemple :
- en trouvant un autre cadeau pour la maîtresse ;
- en faisant disparaître le cadeau de dessous le bureau de Clotaire, ou en le lui faisant casser...
- en changeant simplement la réaction de la maîtresse à la fin.

LE BRAS DE CLOTAIRE
C'est pas juste !

1. *Un bras à tout casser*
Quelles sont les diverses marques d'intérêt que reçoit Clotaire grâce à son bras cassé ? Faites-en la liste.
Montrez comment il sait tirer partie de la situation vis-à-vis de :
la maîtresse - le surveillant - ses camarades.
- N'y a-t-il pas un peu d'exagération dans son attitude, et ses copains ne l'ont-ils pas ressenti ?
- Comment se termine « la récré » ce matin-là ?
- Êtes-vous d'accord avec Nicolas pour dire que « c'est
pas juste ? »

2. *Que faire ?*
Vous êtes témoin d'une injustice : on accuse à tort quelqu'un devant vous ou on lui dérobe un objet qui lui appartient. Allez-vous intervenir ?
Racontez la scène en une dizaine de lignes.

3. *Est-ce vraiment fâcheux ?*
Survient un événement fâcheux pour vous : vous tombez malade la veille des vacances. Mais comme vous ne pouvez rien faire d'autre au fond de votre lit, vous vous plongez dans la lecture d'un livre qui se révèle passionnant et qui vous fait vivre des aventures extraordinaires.
Trouvez un autre exemple où une situation pénible se transforme agréablement à votre avantage et racontez-la dans un bref paragraphe.

4. *Je boude, tu boudes, il boude...*
Pouvez-vous donner quelques expressions équivalentes du mot « bouder » ?
Savez-vous qu'une « boudeuse » est un siège double où deux personnes peuvent s'asseoir en se tournant le dos ?

ON A FAIT UN TEST

Devant tout le monde !

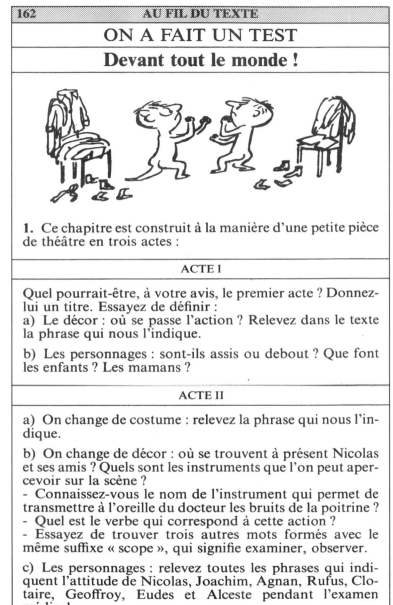

1. Ce chapitre est construit à la manière d'une petite pièce de théâtre en trois actes :

ACTE I

Quel pourrait-être, à votre avis, le premier acte ? Donnez-lui un titre. Essayez de définir :
a) Le décor : où se passe l'action ? Relevez dans le texte la phrase qui nous l'indique.

b) Les personnages : sont-ils assis ou debout ? Que font les enfants ? Les mamans ?

ACTE II

---

a) On change de costume : relevez la phrase qui nous l'indique.

b) On change de décor : où se trouvent à présent Nicolas et ses amis ? Quels sont les instruments que l'on peut apercevoir sur la scène ?
- Connaissez-vous le nom de l'instrument qui permet de transmettre à l'oreille du docteur les bruits de la poitrine ?
- Quel est le verbe qui correspond à cette action ?
- Essayez de trouver trois autres mots formés avec le même suffixe « scope », qui signifie examiner, observer.

c) Les personnages : relevez toutes les phrases qui indiquent l'attitude de Nicolas, Joachim, Agnan, Rufus, Clotaire, Geoffroy, Eudes et Alceste pendant l'examen médical.

ACTE III

On se rhabille.
a) Le décor : il n'a pas changé mais que font à présent Nicolas et ses copains ?

b) Les personnages : quel est le personnage principal de ce dernier acte ?
- Où se trouve-t-il quand la pièce se termine ? Que fait-il ?

2. Toute pièce est destinée à être jouée. A vous donc de vous faire metteur en scène.
- Trouvez un titre à la pièce : pourquoi pas *Le Malade imaginaire* ?
- En classe, répartissez les rôles : Nicolas et ses amis ; le docteur ; la dame en blanc ; quelques mamans.
Et ne négligez surtout pas les répétitions !

La version théâtrale de la scène est-elle très différente de la version du roman ? Quelles modifications ont été nécessaires ?

LA DISTRIBUTION DES PRIX

Vive les vacances !

1. Retrouvez deux autres adjectifs qui sont associés au mot « vacances » et expriment le même sentiment de joie et de bonheur devant un événement tant attendu.
- Que représentent les vacances pour Nicolas ?
- Comment expliquez-vous la dernière phrase du livre ?
- N'est-elle pas en contradiction avec ce qui a précédé ?

2. Quelles images évoque pour vous le mot « vacances » ? Écrivez un bref paragraphe sur ce sujet où vous emploierez, si possible, à deux ou trois reprises, un mot ou une expression de votre choix qui traduit votre enthousiasme.

Cette expression ne vous semble-t-elle pas trop familière pour figurer dans une lettre ou un devoir ? Si tel est le cas, essayez de récrire le même paragraphe en la remplaçant par des synonymes, plus conformes à la langue française.

Et n'oubliez pas : on n'écrit pas toujours comme on parle !

Un mot terrible !

Un adjectif revient souvent dans le récit de Nicolas pour exprimer sa joie et son enthousiasme en face d'un objet ou d'une situation. L'avez-vous remarqué ? On le trouve à trois reprises dans ce chapitre et une trentaine de fois dans le livre. Cela vous semble-t-il exagéré ? Suivez ce mot à la piste tout au long des aventures de Nicolas : vous découvrirez ainsi ses goûts et tout ce qui est cher à son cœur.

Solutions page 179

Prix d'éloquence

Le jour de la distribution des prix, on demande à Nicolas de faire un discours, puisqu'il a eu le prix d'éloquence. Il est bien ennuyé, mais il ne peut se dérober...
Aidez-le à faire son discours : que va-t-il dire ?

Vingt questions pour conclure

Le livre refermé, vous souvenez-vous de toutes les aventures de Nicolas et de ses amis au cours de leur année scolaire ? Pour le savoir, répondez aux questions suivantes et ne consultez le livre que si c'est absolument nécessaire...

1. *Le nom du nouveau surveillant est :*
A. Tournebière
B. Mouchabière
C. Moucheton

2. *Tonton Eugène est :*
A. Représentant
B. Explorateur
C. Journaliste

3. *La montre de Nicolas est :*
A. A pile
B. Phosphorescente
C. De plongée

4. *Alceste aurait voulu que le journal s'appelle :*
A. « La Délicieuse »
B. « Le Magnifique »
C. « Le Journal de Nicolas »

5. *Avec son appareil, Nicolas commence par photographier :*
A. Ses copains
B. Le Bouillon
C. Ses parents

6. *A la récré :*
A. Nicolas se bat avec Geoffroy
B. Alceste se bat avec Maixent
C. Rufus se bat avec Eudes

7. *Le papa de Rufus est :*
A. Gardien de square
B. Employé à la S.N.C.F.
C. Agent de police

8. *Quand Nicolas annonce à son papa qu'il a cassé le vase du salon, ce dernier ne le gronde pas parce que :*
A. M. Blédurt arrive
B. Il lit son journal
C. On ne gronde pas les enfants pour si peu

9. *Dans l'équipe de football, Alceste est gardien de but :*
A. Parce qu'il est fort
B. Parce qu'il court vite
C. Parce qu'il n'aime pas courir

10. *A la fin de la première mi-temps, le match est interrompu :*
A. Par la pluie
B. Parce que l'arbitre en a assez
C. Parce que M. Chapo a pris le ballon

11. *Au cours de la deuxième mi-temps, le père de Rufus arrête :*
A. Le ballon
B. Un ressort
C. Une boîte de conserve

12. *Au musée, Alceste :*
A. Prend des notes
B. Salive devant un petit tableau
C. Fait des glissades

13. *Le prix remporté par Nicolas est :*
A. Le prix d'orthographe
B. Le prix d'éloquence
C. Le prix de gymnastique

14. *Le cadeau des élèves à la maîtresse est :*
A. Un stylo
B. Un poudrier
C. Une statue

15. *Clotaire s'est cassé le bras :*
A. En se battant avec Agnan
B. En marchant sur son camion rouge
C. En glissant sur le sandwich d'Alceste

16. *Chez le docteur, Nicolas dessine :*
A. Un cow-boy à cheval
B. Un cassoulet toulousain
C. Un gâteau au chocolat

17. *Pour la distribution des prix, Agnan porte :*
A. Des gants blancs
B. Une nouvelle paire de chaussures
C. Un bouquet de fleurs pour la maîtresse

18. *A l'inauguration de la statue, Nicolas et ses copains ne défilent pas, parce que :*
A. Le Bouillon est parti en Ardèche
B. Le directeur a changé d'avis
C. Il pleut

19. *Le nom du dessinateur du livre est :*
A. Hergé
B. Sempé
C. Goscinny

20. *Le petit Nicolas a :*
A. Une petite sœur
B. Ni frère ni sœur
C. Plusieurs frères et sœurs

Solutions page 179

2
JEUX ET APPLICATIONS

Un peu d'ordre dans cette histoire !

Les Récrés du petit Nicolas comporte dix-sept chapitres. Les voici dans le désordre, et chacun avec un titre différent de l'original. Bien entendu, ces nouveaux titres ont un rapport avec le contenu du chapitre auquel ils renvoient. Saurez-vous :

1. Les remettre dans le bon ordre ?
2. Redonner à chacun le titre original ?
3. Chasser l'intrus qui s'est glissé dans la liste ?

A. Les natures mortes, ça se mange ?
B. La statue
C. Visite médicale
D. Mon têtard apprivoisé
E. Après l'heure, c'est plus l'heure !
F. La tartine d'Alceste
G. Ça, il faut pas me le dire deux fois !
H. Le Bouillon a été malade
I. Mieux vaut un bras cassé qu'un œil crevé
J. Vive les vacances !
K. Ils nous ont volé notre match !
L. Vous voulez ma photo ?
M. Cinq colonnes à la une
N. Tonton, il a du nez !
O. Le cadeau de la maîtresse
P. M. Chapo nous a pris le ballon
Q. Le terrain vague
R. La partie de dames de M. Blédurt

La chasse aux mots

1. Trouvez au moins dix choses commençant par la lettre P dans le dessin des pages 114-115.

2. Trouvez au moins dix choses commençant par la lettre C dans le dessin de la page 132.

Remarque : les parties du corps ou des objets sont acceptées uniquement si elles sont visibles !

Solutions page 180

C'est le bagne !

Quand Alceste est renvoyé, le directeur lui prédit qu'il finira au bagne. Quels mots se cachent derrière ces barreaux ? A vous de les faire apparaître. Pour cela, lisez les définitions que Nicolas nous a aidés à rédiger pour vous.

1. C'est ainsi que ma maman m'a habillé pour la distribution des prix.

2. C'est la spécialité de la maîtresse.

3. Alceste a failli l'être et on était bien embêtés pour lui.

4. Quand j'ai mis le nez de tonton Eugène, la maîtresse m'a traité de...

5. Chacun y va à son tour et Clotaire plus que les autres. Seul Agnan ne sait pas comment faire.

6. Papa ne voudrait pas me le donner et je suis bien content. Ça doit être terrible !

7. On s'en donne souvent entre copains. Rufus et Eudes plus que les autres.

8. C'est la spécialité du Bouillon.

9. Pauvre Alceste, je voudrais bien qu'il n'y aille pas !

10. Maman m'en menace quelquefois, mais je ne suis pas sûr de savoir ce que c'est.

11. Si Alceste l'avait vraiment été, nous, on l'aurait été beaucoup !

12. Si Alceste y va, on le lui enverra pour qu'il ait de la lecture.

13. Celui de tonton Eugène est très particulier.

14. Quand on va en prendre dans le square, le gardien nous gronde toujours.

15. Si Alceste va au bagne, je lui en enverrai un, pour qu'il ait l'impression de voyager.

Solutions page 181

Les mésaventures d'un titre

1. *Le mot le plus long*
A partir des vingt-trois lettres du titre, essayez de former le mot le plus long possible. La solution qui est donnée utilise douze lettres. Ferez-vous mieux ?

2. *Les mots les plus courts*
Avec les vingt-trois lettres du titre, essayez de former le plus de mots possibles (donc des mots très courts). Mais chaque lettre ne doit être utilisée qu'une fois ! En trouverez-vous huit ?

3. *La charade anagramme*

Mon premier est l'emblème des rois de France.

Mon second roule sur le tapis.

Mon troisième est un préfixe indiquant la répétition.

Mon quatrième est un nombre sacré.

Mon cinquième veut dire « pauvre » en anglais.

Mon sixième empêche un objet lourd de bouger.

Là où passait mon septième, l'herbe ne repoussait pas.

Mon tout est une anagramme du titre de ce livre.

Qui les a prononcées ?

Les neuf phrases de dialogue ci-dessous devraient vous permettre d'identifier chacun des copains de Nicolas. Saurez-vous reconnaître l'auteur de chacune d'elles ? Attention, Nicolas aussi a parlé !

1. « J'ai dit que nom d'un chien, zut, vous n'avez pas le droit de marcher sur mes tartines ! »
2. « Si tu ne me le prêtes pas, je lui donne un coup de poing, à ton nez ! »
3. « Dépêchons-nous, on ne va pas se bagarrer pour ça, et la récré va bientôt se terminer. »
4. « Pardon, l'arbitre, c'est drôlement important ; moi, je ne me bats pas si je n'ai pas un bon arbitre. »
5. « Hé, les gars, si on faisait un journal ? »
6. « Bon, alors, c'est entendu, le directeur du journal, ce sera moi. »
7. « Moi, je sais dessiner les cartes de France avec tous les départements. »
8. « J'ai pas dormi cette nuit ; j'avais peur que la statue ne tombe de la table de nuit. »
9. « Papa ! il fait jour ! Tu vas être en retard au bureau ! »

Solutions page 181

3
L'ÉCOLE DANS
LA LITTÉRATURE

Claudine à l'école

Consciente de la séduction dont elle est capable, Claudine n'hésite pas à faire montre d'impertinence dans la petite école que dirige la sévère mademoiselle Sergent et cela le jour même de la visite de l'inspecteur, l'un des sommets de l'année scolaire.

« Mademoiselle Aimée entre en coup de vent dans la classe en criant tout bas : "L'inspecteur ! l'inspecteur !" Rumeur. Tout est prétexte à désordre ici ; sous couleur de ranger nos livres irréprochablement, nous avons ouvert tous nos pupitres et nous bavardons avec rapidité derrière les couvercles. La grande Anaïs fait sauter en l'air les cahiers de Marie Belhomme toute désemparée, et enfouit prudemment dans sa poche un *Gil Blas Illustré* qu'elle abritait entre deux feuilles de son Histoire de France. Moi, je dissimule des histoires de bêtes merveilleusement contées par Rudyard Kipling (en voilà un qui connaît les animaux !) – c'est pourtant pas des lectures bien coupables. On bourdonne, on se lève, on ramasse les papiers, on retire les bonbons dissimulés dans les pupitres, car ce père Blanchot, l'inspecteur, a des yeux louches mais qui fouinent partout (...)

Nous sommes prêtes, ou peu s'en faut. Mademoiselle Sergent s'écrie : "Vite, prenez vos morceaux choisis ! Anaïs, crachez immédiatement le crayon à ardoise que vous avez dans la bouche ! Ma parole d'honneur, je vous mets à la porte devant M. Blanchot si vous mangez encore de ces horreurs-là ! Claudine, vous ne pourriez pas cesser un instant de pincer Luce Lanthenay ? Marie Belhomme, quittez tout de suite les trois fichus que vous avez sur la tête et au cou ; et quittez aussi l'air bête qui est sur votre figure. Vous êtes pire que les petites de la troisième classe et vous ne valez pas chacune la corde pour vous pendre !"

Il faut bien qu'elle dépense son énervement. Les visites de l'inspecteur la tracassent toujours parce que Blanchot est en bons termes avec le député, qui déteste à mort son remplaçant possible, Dutertre, lequel protège mademoiselle Sergent. (Dieu que la vie est compliquée !) Enfin, tout se trouve à peu près en ordre : la grande Anaïs se lève, inquiétante de longueur, la bouche encore sale du crayon gris qu'elle croquait et commence *La Robe* du pleurard Manuel :

> Dans l'étroite mansarde où glisse un jour douteux
> La femme et le mari se disputaient tous deux...

Il était temps ! Une grande ombre passe sur les vitres du corridor, toute la classe frémit et se lève – par respect – au moment où la porte s'ouvre devant le père Blanchot. Il a une figure solennelle entre deux grands favoris poivre et sel, et un redoutable accent franc-comtois. Il pontifie, il mâche ses paroles avec enthousiasme, comme Anaïs les gommes à effacer, il est toujours vêtu avec une correction rigide et démodée ; quel vieux bassin ! En voilà pour une heure ! Il va nous poser des questions idiotes et nous démontrer que nous devrions toutes "embrasser la carrière de l'enseignement". J'aimerais encore mieux ça que de l'embrasser, lui. »

Colette et Willy,
Claudine à l'école,
© Albin Michel

La Maison des petits bonheurs

Dans son journal, Aline évoque les personnages de la vie quotidienne, sa famille, les voisins de l'immeuble, la redoutable concierge Mme Misère et, bien sûr, l'école ; même lorsqu'il s'agit d'incidents cruels, elle les met en scène avec toute la tendresse dont est capable une petite fille de dix ans.

« A l'école, une que je ne peux pas souffrir, c'est Marie Collinet. D'abord, elle s'applique trop, ça finit par vous agacer ; et puis, elle a une manière de vous regarder en dessous qui ne me plaît pas du tout. Et pour ce qui est de souffler et tout le reste, ah bien, elle a trop peur de se faire punir ! Elle a peur aussi de courir. Elle a peur aussi d'user ses cahiers. Elle a peur aussi de prêter ses affaires. Enfin, elle a peur de tout, et moi, ça m'agace quand je la vois pleurnicher, avec sa figure pointue et ses petites nattes tortillées. Alors, voilà que ce matin, au dessin, on avait à faire la campagne ; j'étais en train de dessiner un oiseau quand Marie me demande tout bas de lui passer mes crayons de couleur.

– Mes crayons ? Ah ça, non, ma vieille ; pour ce que tu prêtes les tiens, toi !... Et où est-elle donc, ta boîte ?

– On me l'a prise.

– Eh bien, tant pis !

– Oh, Aline !...

Et elle secoue ses petites nattes.

– Il n'y a pas d'Aline, laisse-moi travailler !

– Oh, Al...

– Flûte !

Mais j'avais crié si fort que, vlan ! deux mauvais points, et autant pour Marie. J'étais furieuse, et Marie, elle, la voilà qui pleure tout bas, et qui renifle, renifle... comme ça jusqu'à la fin. Et après, quand elle remet son dessin, il était noir, entièrement noir.

– Mais on n'y voit rien ! dit la maîtresse.

Marie baisse le nez.

– C'est parce que c'est la nuit... alors forcément, il fait noir et..., et...

– Et tu avais oublié tes crayons de couleur, hein, la malice ?... C'est bon, cela te fera deux mauvais points en plus !

Là-dessus, Marie a fondu en larmes et, à la récréation, elle est allée se cacher tout au fond de la cour, derrière la fontaine. »

Colette Vivier,
La Maison des petits bonheurs,
© Messidor-La Farandole

La Dernière Classe

A l'issue de la guerre de 1870 contre la Prusse, l'Alsace et la Lorraine sont devenues des territoires allemands, et l'empereur Guillaume Ier a ordonné que l'on n'y enseigne plus que la langue allemande.

« D'ordinaire, au commencement de la classe, il se faisait un grand tapage qu'on entendait jusque dans la rue, les pupitres ouverts, fermés, les leçons qu'on répétait très haut tous ensemble en se bouchant les oreilles pour mieux apprendre, et la grosse règle du maître qui tapait sur les tables :

– Un peu de silence !

Je comptais sur tout ce train pour gagner mon banc sans être vu ; mais justement, ce jour-là, tout était tranquille, comme un matin de dimanche. Par la fenêtre ouverte, je voyais mes camarades déjà rangés à leurs places, et M. Hamel, qui passait et repassait avec la terrible règle en fer sous le bras. Il fallut ouvrir la porte et entrer au milieu de ce grand calme. Vous pensez si j'étais rouge et si j'avais peur !

Eh bien ! non. M. Hamel me regarda sans colère et me dit très doucement :

– Va à ta place, mon petit Franz ; nous allions commencer sans toi.

J'enjambai le banc et je m'assis tout de suite à mon pupitre. Alors seulement, un peu remis de ma frayeur, je remarquai que notre maître avait sa belle redingote verte, son jabot plissé fin et la calotte de soie noire brodée qu'il ne mettait que les jours d'inspection ou de distribution de prix. Du reste, toute la classe avait quelque chose d'extraordinaire et de solennel. (...)

Pendant que je m'étonnais de tout cela, M. Hamel était monté dans sa chaire, et de la même voix douce et grave dont il m'avait reçu, il nous dit :

– Mes enfants, c'est la dernière fois que je vous fais la classe. L'ordre est venu de Berlin de ne plus enseigner que l'allemand dans les écoles d'Alsace et de la Lorraine... Le nouveau maître arrive demain. Aujourd'hui, c'est votre dernière leçon de français. Je vous prie d'être bien attentifs.

Ces quelques paroles me bouleversèrent. Ah ! les misérables, voilà ce qu'ils avaient affiché à la mairie.

Ma dernière leçon de français !...

Et moi qui savais à peine écrire ! Je n'apprendrais donc jamais ! Il faudrait donc en rester là !... Comme je m'en voulais maintenant du temps perdu, des classes manquées à courir les nids ou à faire des glissades sur la Saar ! Mes livres que tout à l'heure encore je trouvais si ennuyeux, si lourds à porter, ma grammaire, mon histoire sainte me semblaient à présent de vieux amis qui me feraient beaucoup de peine à quitter. C'est comme M. Hamel. L'idée qu'il allait partir, que je ne le verrais plus, me faisait oublier les punitions, les coups de règle.

Pauvre homme ! »

Alphonse Daudet,
Contes du lundi

La Guerre des boutons

Unis dans la « guerre » qui les oppose à ceux de Velrans, les gamins du village de Longeverne sont aussi des écoliers qui doivent faire front commun face aux questions de leur instituteur, plus redoutables encore que les coups de trique de leurs ennemis.

« Il y eut, au coup de sifflet du père Simon, une véritable suspension de joie, des plis soucieux sur le front, des marques d'amertume aux lèvres et du regret dans les yeux. Ah ! la vie !...

– Sais-tu tes leçons, Lebrac ? demanda confidentiellement La Crique.

– Heu oui... pas trop ! Tâche de me souffler si tu peux, hein ! S'agirait pas ce soir de se faire coller comme samedi. J'ai bien appris le système métrique, j'sais tous les poids par cœur : en fonte, en cuivre, à godets et les petites lames par-dessus le marché, mais j'sais pas ce qu'il faut pour être électeur. Comme mon père a vu le père Simon, je vais sûrement pas y couper à une leçon ou à une autre ! Pourvu que j'y saute en système métrique !

Le vœu de Lebrac fut exaucé, mais la chance qui le favorisa faillit bien, par contre-coup, être fatale à son cher Camus, et sans l'intervention aussi habile que discrète de La Crique, qui jouait des lèvres et des mains comme le plus pathétique des mimes, ça y était bien, Camus était bouclé pour le soir.

Le pauvre garçon qui, on s'en souvient, avait déjà failli écoper les jours d'avant à propos du "citoyen", ignorait encore et totalement les conditions requises pour être électeur.

Il sut tout de même, grâce à la mimique de La Crique brandissant sa dextre en fourchette, les quatre doigts en l'air et le pouce caché, qu'il y en avait quatre.

Pour les déterminer, ce fut beaucoup plus dur.

Camus, simulant une amnésie momentanée et partielle, le front plissé, les doigts énervés, semblait profondément réfléchir et ne perdait pas de vue La Crique, le sauveur, qui s'ingéniait.

D'un coup d'œil expressif il désigna à son camarade la carte de France par Vidal-Lablache appendue au mur ; mais Camus, peu au courant, se méprit à ce geste équivoque et au lieu de dire qu'il faut être français, il répondit à l'ahurissement général qu'il fallait savoir "sa giografie".

Le père Simon lui demanda s'il devenait fou ou s'il se fichait du monde, tandis que La Crique, navré d'être si mal compris, haussait imperceptiblement les épaules en tournant la tête.

Camus se ressaisit. Une lueur brilla en lui et il dit :

– Il faut être du pays !

– Quel pays ? hargna le maître, furieux d'une réponse aussi imprécise, de la Prusse ou de la Chine ?

– De la France ! reprit l'interpellé : être français !

– Ah ! tout de même ! nous y sommes ! Et après ?

– Après ? et ses yeux imploraient La Crique.

Celui-ci saisit dans sa poche son couteau, l'ouvrit, fit semblant d'égorger Boulot, son voisin, et de le dévaliser, puis il tourna la tête de droite à gauche et de gauche à droite.

Camus saisit qu'il ne fallait pas avoir tué ni volé ; il le proclama incontinent et les autres, par l'organe autorisé de La Crique, auquel ils mêlèrent leurs voix, généralisèrent la réponse en disant qu'il fallait jouir de ses droits civils.

Cela n'allait fichtre pas si mal et Camus respirait. Pour la troisième condition, La Crique fut très expressif : il porta la main à son menton pour y caresser une absente barbiche, effila d'invisibles et longues moustaches, porta même ailleurs ses mains pour indiquer aussi la présence en cet endroit discret d'un système pileux particulier, puis, tel Panurge faisant quinaud l'Angloys qui arguoit par signe, il leva simultanément en l'air et deux fois de suite ses deux mains, tous doigts écartés, puis le seul pouce de la dextre, ce qui évidemment signifiait vingt et un... Puis il toussa en faisant han ! et Camus, victorieux, sortit la troisième condition :

– Avoir vingt et un ans. »

Louis Pergaud,
La Guerre des boutons,
© Mercure de France

4
SOLUTIONS DES JEUX

Quel footballeur seriez-vous
dans l'équipe de Nicolas ?
(p. 147)

Si vous avez une majorité de ○ : rapide, offensif, enthousiaste, vous seriez un bon avant-centre. Cela ne vous autorise pas à garder la balle pour vous seul !

Si vous avez une majorité de △ : solide, fidèle, résistant en face des obstacles et persévérant dans l'effort, vous feriez un très bon arrière. Ce n'est pas une place de tout repos...

Si vous avez une majorité de □ : attentif, vigilant, à la fois réfléchi et énergique, votre place est dans les buts !

Si vous n'obtenez pas de nette majorité dans l'un des trois signes proposés, vous serez à n'en pas douter un excellent arbitre, celui qui juge du jeu des autres sans prendre parti.

Vingt questions pour commencer
(p. 148)

1 : B (p. 12) - 2 : C (p. 17) - 3 : A (p. 18) - 4 : B (p. 14, 22, 23 ; par la suite, on verra qu'elle utilise les deux, mais emploie « vous » quand elle n'est pas contente, voir p. 68) - 5 : C (p. 25) - 6 : B (p. 25) - 7 : C (p. 38) - 8 : C (p. 41) - 9 : B (p. 43) - 10 : C (p. 44) - 11 : C (p. 51) - 12 : C (p. 51) - 13 : C (p. 52) - 14 : C (p. 59) - 15 : A (p. 67) - 16 : A (p. 75) - 17 : C (p. 76) - 18 : C (p. 89) - 19 : B (p. 91) - 20 : C (p. 96)

Si vous avez plus de 15 bonnes réponses : bravo ! Les aventures de Nicolas vous ont passionné d'emblée, et votre mémoire est en éveil. Ses amis se ressemblent-ils tant aux vôtres ?

Si vous avez entre 10 et 15 bonnes réponses : vous avez commencé cette lecture sans grand enthousiasme ; néanmoins, vous n'êtes pas insensible à ce genre d'humour. Ne vous relâchez pas ! Vous finirez bien par vous reconnaître dans l'un des personnages.

Si vous avez moins de 10 bonnes réponses : aimez-vous si peu l'école ? Vous devriez au contraire apprécier qu'on en parle avec humour. Ne vous laissez pas aller, même si vous avez une prédilection pour les romans d'aventure romanesque.

Qui a dit quoi ?

(p. 153)

1 : Maixent (p. 52) - 2 : Rufus (p. 55) - 3 : Nicolas (p. 58) - 4 : Geoffroy (p. 55) - 5 : Eudes (p. 54) - 6 : Clotaire (p. 54) - 7 : Maixent (p. 55) - 8 : Geoffroy (p. 51) - 9 : Agnan (p. 52) - 10 : Le Bouillon (p. 52) - 11 : La maîtresse (p. 53) - 12 : Alceste (p. 58).

Telle mère, tel petit

(p. 154)

PETIT	MAMAN	CRI
l'agneau	la brebis	bêle
le caneton	la cane	cancane
le faon	la biche	râle
le levraut	la hase	couine
le marcassin	la laie	grommelle
le poulain	la jument	hennit
le goret	la truie	grogne
le tourtereau	la tourterelle	roucoule
l'ânon	l'ânesse	brait
la chamelle	la chamelle	blatère

De merveilleux souvenirs !

(p. 156)

1 : Souvenirs - 2 : Photos - 3 : Lampe - 4 : Rouleau - 5 : Pif - 6 : Foncées - 7 : Sourire - 8 : Fenêtre - 9 : Clic - 10 : Flash.

Papa n'a pas tout dit
(p. 157)

1: La maman de Nicolas (p. 82) - 4 : Clotaire (p. 77) - 6 : Joachim (p. 76) - 9 : Clotaire (p. 78) - 10 : Le garçon aux cheveux rouges (p. 81).

Les autres, bien sûr, sont du papa de Nicolas : 2 (p. 79) - 3 (p. 80) - 5 (p. 78) - 7 et 8 (p. 79).

Au jardin des Muses
(p. 158)

Sur le radical *muse* : le mot musique et tous ses dérivés (musical, musicien, music-hall, musicologue...).
Mais attention, sur le radical *mus* (museau en ancien français), qui n'a rien à voir, les mots : muser (avoir le nez en l'air), musarder, musette, cornemuse et s'amuser.

Pas question de se défiler !
(p. 160)

A : 8 - B : 7 - C : 6 - D : 4 - E : 3 - F : 1 - G : 5 - H : 2

Un mot terrible !
(p. 164)

Il s'agit du mot « chouette ». On le trouve dans ce chapitre p. 133, 135 et 138, et dans le livre aux pages 9, 13, 18, 22, 25, 30, 31, 32, 33, 37, 48, 58, 59, 63, 69, 78, 101, 103, 106, 110, 116, 119, 132, 133, 135, 138.

Vingt questions pour conclure
(p. 165)

1 : B (p. 12) - 2 : A (p. 17) - 3 : B (p. 26) - 4 : A (p. 36) - 5 : A (p. 70) - 6 : B et C (p. 55) - 7 : C (p. 59) - 8 : C (p. 44) - 9 : C (p. 75) - 10 : B (p. 89) - 11 : C (p. 94) - 12 : B (p. 102) - 13 : B (p. 135) - 14 : C (p. 118) - 15 : B (p. 119) - 16 : C (p. 131) - 17 : A (p. 133) - 18 : B (p. 110) - 19 : B (lire la biographie) - 20 : B

Si vous obtenez entre 15 et 20 bonnes réponses : félicitations ! Vous êtes un excellent lecteur et vous connaissez parfaitement Nicolas et ses amis. Dans les jeux qui vont suivre, tous les espoirs vous sont permis !

Si vous obtenez entre 10 et 15 bonnes réponses : vous êtes un lecteur attentif et consciencieux. Attention de ne pas vous « endormir sur vos lauriers » ! Dans les jeux suivants, ne quittez pas des yeux le but à atteindre.

Si vous obtenez entre 5 et 10 bonnes réponses : vous êtes comme Clotaire, un peu distrait... et le prix qui vous revient est celui de la camaraderie. Ne vous découragez surtout pas dès la première mi-temps : la partie ne fait que commencer.

Si vous obtenez moins de 5 bonnes réponses : avez-vous peur de ressembler à Agnan ? Un peu plus de concentration ne vous ferait pas de mal. De toute façon, si les aventures de Nicolas ne vous intéressent pas, vous trouverez sûrement d'autres lectures correspondant à vos goûts.

Un peu d'ordre dans cette histoire !
(p. 167)

1. Le bon ordre est : F - N - E - M - R - G - D - L - Q - P - K - A - B - O - I - C - J.

2. A : Le musée de peintures - B : Le défilé - C : On a fait un test - D : King - E : La montre - F : Alceste a été renvoyé - G : A la récré, on se bat - I : Le bras de Clotaire - J : La distribution des prix - K : 2e mi-temps - L : L'appareil de photo - M : On fait un journal - N : Le nez de tonton Eugène - O : Les boy-scouts - P : 1re mi-temps - Q : Le football - R : Le vase rose du salon.

3. L'intrus : H. Le Bouillon a été malade.

La chasse aux mots
(p. 168)

1. Dessin p. 114-115 : plateau, pendule, poing (du vendeur), panthère, palmier, pompon (du béret), poitrail (des animaux), pied, pantalon, pétales (des fleurs de la pendule), poche (du vendeur), etc.

2. Dessin p. 132 : cassoulet, chapeau, colt, chandail, chemise, chaussure, calvitie (du docteur), cheveux, cuillère, chaise, crème (du gâteau), cuisse, culotte, etc.

C'est le bagne !
(p. 168)

1 : Guignol - 2 : Zéro - 3 : Renvoyé - 4 : Pitre - 5 : Piquet - 6 : Fouet - 7 : Gifles - 8 : Retenues - 9 : Bagne - 10 : Fessées - 11 : Tristes - 12 : Journal - 13 : Nez - 14 : Têtards - 15 : Atlas.

Les mésaventures d'un titre
(p. 169)

1. Le mot le plus long : serpillières.

2. Les mots les plus courts : sec, un, cri, ré, dépit, sol, la, test, utilisent les vingt-trois lettres du titre pour former huit mots.

3. La charade anagramme : lis des recettes pour câlin, soit : lis (lys), des (dé), recettes (re et sept), pour (poor), câlin (cale et Hun).

Qui les a prononcées ?
(p. 170)

1 : Alceste (p. 11) - 2 : Eudes (p. 18) - 3 : Joachim (p. 54-55) - 4 : Geoffroy (p. 55) - 5 : Rufus (p. 33) - 6 : Maixent (p. 39) - 7 : Agnan (p. 37) - 8 : Clotaire (p. 117-118) - 9 : Nicolas (p. 28).

Les livres de **Sempé**

dans la collection FOLIO **JUNIOR**